Michael Hohlbrugger

Die Saggenbande stellt sich dem Kampf am Nachmittag

Ein Jugendkrimi

Impressum:

© 2021 Michael Hohlbrugger

Lektorat: Text Quell Melanie Knünz
Korrektorat: Text Quell Melanie Knünz
Cover: Sina Schwarzenberger

Herstellung und Verlag: BoD – Books on
Demand, Norderstedt

ISBN: 978-3-7557-3715-5

Danksagung

Die Saggenbande und alle Personen, die in diesem Buch vorkommen, sind frei erfunden und haben keinen Bezug zu realen Menschen. Trotzdem möchte ich vorneweg mich bei einigen Leuten bedanken, die maßgeblich an der Entstehung dieses Buches beteiligt waren. Allen voran bei meiner Partnerin Karin, die immer wieder mit Rat und Tat zur Seite stand. Eine Tasse Tee machte, wenn ich reden wollte und mit mir über Formulierungen diskutiert hat. Ich liebe dich. Auch von ganzem Herzen DANKE an meine Tochter Sina, die dieses tolle Cover entworfen und realisiert hat. Auch herzlichen Dank an meine Testleserin Katharina für ihr tolles Feedback und die Anmerkungen, die mir sehr weitergeholfen haben.

Auch möchte ich hier mich herzlichst bei Melanie Knünz von Text Quell bedanken, die mir sehr geholfen hat und vor allem viel Geduld bewies, wenn ich mit meinen Freunden -den Beistrichen- ein wenig auf Kriegsfuß gestanden bin. Danke auch an Georg, der mich bei den letzten Schritten zur Veröffentlichung unterstützt hat.

Zwei Menschen möchte ich hier noch extra erwähnen. DANKE an den Nachtwolf Wolfgang und an Margit. Wolfgang, der Spiegel- und Mentalcoach vom mentalen Lichtzentrum Velden sorgte mit seinen „Arschtritten" zur rechten Zeit dafür, dass ich das Aufgeben vermieden habe. Und Margit auch dir DANKE für die vielen Inputs bei den unterschiedlichsten Gelegenheit.

Ein herzliches DANKE auch an die Leser, die sich mit der Saggenbande auf ihr erstes Abenteuer eingelassen haben.

Und ein herzliches DANKE an alle, die ich hier vergessen habe zu erwähnen. Schön, dass es euch alle gibt!

Für Rafael

Einen blonden Engel auf Erden,
der die Welt mit seinem Lächeln bereichert

Die Einladung zur Geburtstagsfeier

„Du kommst doch morgen auch?" Diese Frage richtete Julian Moser an seinen Gesprächspartner. Am Himmel durchbrach in diesem Moment die Sonne an manchen Stellen die dichte Nebeldecke. Trotzdem war es ziemlich kalt. Ungewöhnlich kalt für Mitte April. Kein Grund jedoch für die Lehrer, ihre Schüler im Gymnasium am Adolf-Pichler-Platz in der großen Pause im Gebäudeinneren zu belassen. Kaum war die Schulglocke nach der dritten Stunde ertönt, mussten die Kinder ihre Jacken aus der Garderobe holen und wurden in den Schulhof geleitet. Ob sie wollten oder nicht.

Julian war gleich neben dem Eingang stehen geblieben. Sein Klassenkamerad hatte sich zu ihm gesellt. Der Lärm von Geschrei waberte durch das Areal. Ein paar Wenige trotzten der Kälte und spielten Fangen oder jagten sich aus anderem Grund gegenseitig über die Wiese. Nach einem kräftigen Biss in seine Extrawurstsemmel hatte Julian eine Frage gestellt. Sein Mitschüler Enrico nickte als Antwort und beobachtete weiterhin das Geschehen am Pausenhof.

Julian packte Enrico am Ellbogen und versuchte, ihn in seine Richtung zu drehen. Er wiederholte

seine Frage: „Ihr kommt doch morgen auch?"
Enrico drehte seinen Kopf und riss seinen Arm los.
„Sag einmal, spinnst du? Ich habe dir doch schon
beim ersten Mal eine Antwort gegeben!" „Nein,
hast du nicht." „Doch!" „Nein! Du hast nur mit
dem Kopf genickt! Das Nicken kann mehrere
Gründe gehabt haben. Vielleicht war es die
Antwort auf meine Frage. Vielleicht war es einfach
eine Beobachtung, die du zur Kenntnis genommen
hast. Oder etwas ganz anderes. Vielleicht hast du
dir über etwas Gedanken gemacht und nun eine
mögliche Lösung für ein Problem gefunden. Das
war für mich nicht ersichtlich." „Ich habe genickt,
weil ich dir gefühlt zum hundertsten Mal
geantwortet habe, dass ich natürlich morgen zu
deiner Geburtstagsfeier kommen werde." Es
entstand eine Pause. Beide sagten nichts.

Julian biss zum dritten Mal von seiner Semmel ab,
als er den Faden mit halbvollem Mund wieder
aufnahm. „Und deine Freunde nimmst du mit?"
Enrico atmete tief durch. „Ja, meine Freunde
nehme ich mit. Sie waren etwas überrascht, dass
du sie zu deiner Geburtstagsfeier eingeladen hast.
Schließlich kennen sie dich nur vom Sehen. Aber
beide haben zugesagt." „Das freut mich! Ich kann
kaum erwarten, wie meine Cousins dreinschauen
werden, wenn sie euch sehen! Immer geben sie

mit ihren Skifahrerkollegen an, die irgendwann einmal in der Zeitung gestanden sind. Neben Platz 432." Julian dachte über das Gesagte kurz nach. „Nein, das ist übertrieben.", schob er hinterher. Julian schluckte den Speisebrei hinunter und zog an dem Strohhalm seiner Schulmilch, die er in der linken Hand hatte. „Nun lernen sie meine Freunde kennen, die in der Zeitung standen. Und ihr Artikel nahm viel mehr Platz ein, als ihre Kollegen je haben werden oder je hatten."

Enrico wiegelte ab. Ein wenig war ihm bei den Worten seines Freundes sehr wohl warm ums Herz geworden. Er fühlte sich geschmeichelt, auch wenn er dies nie zugegeben hätte. Er war tatsächlich in der Zeitung gestanden, zusammen mit seinen beiden Freunden Brigitte, die alle nur Gitti riefen, und Samuel. Samuel war sein bester Freund. Er spielte mit ihm im gleichen Fußballverein. Kennengelernt hatten sie sich im Kindergarten, da sie in der gleichen Gruppe waren. Samuel ging anschließend allerdings auf ein anderes Gymnasium in Innsbruck. Gitti war dort in der gleichen Klasse wie Samuel. Das Mädchen hatte Enrico im Herbst kennengelernt, als sie zu dritt Außergewöhnliches schafften: Es gelang ihnen, eine verschwunden geglaubte Frau zu finden. Zudem hatten sie einen Ladendieb auf frischer Tat ertappt und ihn bis nach Hause begleitet, wo für den Dieb dann die Handschellen geklickt hatten. Das war der erste große, heldenreiche Fall der Saggenbande. So nannten sich die Kids seitdem. Aus zwei Gründen: Erstens, weil sie alle drei im Saggen wohnten-der Saggen ist ein villenreicher Ortsteil von Innsbruck, im Osten der Stadt , und zweitens, weil das Wort „Saggen" aus den Anfangsbuchstaben ihrer drei Namen bestand. Samuel und Enrico sind Anfang und Ende. In der Mitte steht der Mädchenname: Gitti. Das zweite „G" steht dabei für den Spitznamen von Gitti. Sie isst für ihr Leben gern Gugelhupf. Daher nennen sie viele Gugelhupf-Gitti. Es war der erste und bis dato letzte Fall für die drei Kids.

„Also passt des morgen, oder?" Julian hatte Enrico aus seinen Erinnerungen geholt und ihm gleichzeitig einen Schlag mit der flachen Hand auf den Rücken gegeben. Beinahe hätte Enrico das Gleichgewicht verloren und wäre die Steinstiegen hinabgestürzt. „Sag mal, spinnst du jetzt komplett? Fast wäre ich die Stufen hinuntergefallen, wegen dir!" Enrico hatte lauter gesprochen, als gewollt. Julian starrte ihn mit aufgerissenen Augen an. Enrico atmete zwei Mal tief durch und meinte dann in versöhnlichem Ton:

„Wir kommen morgen. Alle drei. Außer du fragst mich noch einmal. Dann werde ich persönlich dafür Sorge tragen, dass drei eingeladene Gäste weniger erscheinen." „Ist schon gut." „Vielleicht schenke ich dir eine Kassette, wenn du das noch kennen solltest, wo ich die drei Sätze draufspreche. Ja, ich komme morgen." Enrico hob seinen Daumen. Dann gleich den Zeigefinger. „Ja, meine Freunde kommen auch." Schließlich hob er noch den Mittelfinger dazu. Er zeigte nun eine Drei. „Ja, wir freuen uns ebenfalls schon. Dann kannst du die Kassette anhören, wann du willst. Und wir können uns das Geburtstagsparty-Gespräch für alle kommenden Feiern sparen, weil einfach schon alles gesagt ist." Enrico grinste. „Das wäre das ideale Geschenk für dich!" „Überhaupt nicht! Du weißt genau, was ich mir wünsche. Ich habe es dir bereits mehrmals gesagt!" „Ja, ja, ich weiß", sagte Enrico und drehte sich zum Schuleingang, da in diesem Moment die Schulglocke läutete.

Am Nachmittag trafen sich Enrico, Gitti und Samuel im Schillerpark. Der Schillerpark in der Schillerstraße lag im Stadtteil Saggen. Früher hatte es dort einen Obststand gegeben. Zahlreiche Holzkisten mit den leckersten Früchten waren dort verkauft worden. Heute erinnerte nur das kleine Gebäude an diese Vergangenheit. Der Schillerpark wurde hauptsächlich von den Kindern genutzt. Bänke luden zum Hinsetzen ein, eine Rutsche und Schaukeln sowie eine Wippe sorgten für die Unterhaltung der Kinder. Zunächst alberten Samuel, Gitti und Enrico ein wenig herum, bis Enrico ernst wurde. „Also, morgen ist der große Tag! Ihr wisst, dass ihr versprochen habt, auch zu kommen!" „Wieso?", fragte Samuel. „Was, wieso? Was soll das heißen, Sam?" „Na, wieso ist morgen der große Tag?" „Na, morgen ist doch die Geburtstagsfeier von meinem Klassenkameraden Julian. Er hat euch auch eingeladen. Das habe ich euch mehrmals gesagt." „Achso. Ja, hast du", sagte Gitti. Ihre schwarzen Haare waren zu einem Pony gebunden. Die blauen Augen leuchteten. „Ihr ahnt gar nicht, wie sehr er mir in den Ohren liegt mit der Feier. Permanent fragt er, ob wir alle drei kommen. Heute in der großen Pause schon wieder." „Wieso will er eigentlich, dass wir auch kommen?", wollte Gitti wissen. Enrico druckste herum. „Also! Sag schon!", meinte Gitti bestimmt. „Naja, er will euch kennenlernen." „Aber wir kennen ihn doch vom Sehen. Mir reicht das", schaltete sich Samuel ein, und erntete dafür einen giftigen Blick. „Naja", begann Enrico erneut, „er will euch kennenlernen

12

und fand, sein Geburtstag wäre dafür der beste Anlass." „Ja, aber warum? Ich verstehe es immer noch nicht ganz." Auch diese Bemerkung von Samuel ließen Enricos Blicke nicht freundlicher werden. „Es ist so:" Enrico war ein wenig die Röte ins Gesicht gestiegen. „Wir sind die prominentesten Freunde, die er kennt. Scheinbar geben seine Cousins, die auch zur Feier kommen, immer mit ihren Bekannten an, die Skifahren und sportliche Erfolge feiern. Ihnen will Julian eins auswischen und wirkliche Helden, wie er sagt, vorstellen." Das war ein wenig dick aufgetragen, was sich Enrico insgeheim selbst eingestand. „Das soll der Grund sein?", fragte Gitti. „Das ist skandalös. Ich bin doch kein Vorzeigeobjekt!" „Ja, genau", echauffierte sich Samuel. „So quasi: Das nächste Ausstellungsstück sind Gitti und Samuel, Teil der Saggenbande. Bitte nicht anfassen. Fotos sind erlaubt." Samuel versuchte, wie ein Fremdenführer zu klingen. Das Vorhaben misslang, sein Lohn waren lediglich zwei Augenpaare die ihn fragend anblickten.

„Hast du zumindest das Geschenk besorgt?", erkundigte sich Samuel rasch, um die Situation zu verändern. „Ja, habe ich." „Was war es noch einmal?", wollte Gitti wissen. „Ich habe Julian einen Fußball gekauft. Er wollte einen mit dem

Emblem von dem spanischen Fußballverein."
„Welchem? Dem weißen Ballett?" „Nein, mit dem
von der anderen Spitzenmannschaft." „Aha",
meinte Samuel, klang dabei allerdings wenig
überzeugend. „Was ihr da sprecht, klingt für mich
alles chinesisch", meinte Gitti kopfschüttelnd.
„Also er bekommt einen Fußball. Das Geld für
meinen Anteil habe ich dir bereits gegeben. Lasst
uns über etwas anderes sprechen."

„Ja, genau. Ich habe eine Frage an dich. Wann
hast du das letzte Mal deinen Großvater gesehen?
Und was hat er dir erzählt?" „Samuel, Samuel."
Gitti schüttelte ihren Kopf. „Was ist?" „Du stellst
immer die gleiche Frage. Ich antworte dir jedes
Mal, dass ich dir schon sagen würde, wenn es
etwas Neues oder Interessantes gäbe, was die
Saggenbande betrifft. Schließlich steht es auch so
in unserer Gründungsurkunde." „Du hast die
immer noch?" Enrico traute seinen Ohren nicht.
„Sicher." Gitti hatte vor einem halben Jahr eine
Urkunde aufgesetzt, die alle drei mit einem
Blutstropfen unterschreiben mussten. Darin
standen Punkte, die jedes Mitglied der
Saggenbande einhalten musste. „Das überrascht
mich nicht! Was ist nun mit deinem Großvater?",
lenkte Samuel das Gespräch wieder auf seine

ursprüngliche Frage zurück. „Ich sagte es schon, da ist nichts." Samuel wirkte ein wenig enttäuscht.

Gittis Großvater hatte eine große Rolle in ihrem Fall mit der verschwundenen Frau gespielt. Der ehemalige Gerichtsreporter hatte ihnen eigentlich verboten, sich in den Fall hineinzuhängen. Doch Gitti war es mit einer List gelungen, dessen Kontakte zu Kommissar Bruckner zu nutzen. Der Mann mit den grau gelockten Haaren hätte nicht gedacht, dass es den drei gelingen würde, in diesem Fall tatsächlich etwas zu bewegen. Umso überraschter war Toni, wie ihn Samuel und Enrico nennen durften, als die Saggenbande zur Lösung nicht nur beigetragen, sondern die Lösung gefunden hatte.

Samuel wetzte seit einiger Zeit wieder in den Startlöchern. Unbedingt wollte er einen zweiten Fall lösen. Ein wenig ging er Gitti und Enrico mit seiner Ungeduld auf den Geist. Es ging schon so weit, dass Samuel Verbrechen witterte, wo gar keine waren. Vor zwei Wochen wollte Samuel zwei junge Menschen verfolgen. Eine ältere Frau war aus der Bank getreten und hatte geschrien: „Das sind Räuber!" Da außer den beiden niemand zu sehen war, meinte Samuel, sie wären gemeint. Dass die ältere Dame telefonierte, übersah er.

Einen Nachmittag lang musste er sich den Spott von Enrico und Gitti anhören. Sie kugelten sich vor Lachen. Gitti hatte die Situation nämlich gleich durchschaut.

An diesem Nachmittag unterhielten sich Gitti, Samuel und Enrico noch ein wenig, dann mussten die Jungs zum Fußballtraining. Sie vereinbarten, sich am nächsten Nachmittag kurz vor drei Uhr bei der Kirche, der Saggener Pfarrkirche, zu treffen, von wo es nicht mehr weit zu Julian Moser war. Samuel und Enrico schulterten ihre Sporttaschen und fuhren auf ihren Rollern davon. Auf einer Bank in der Nähe der Bundesbahndirektion in der Claudiastraße saß ein Mann. Samuel beschleunigte ein wenig. Doch nach wenigen Metern bemerkte er, dass Enrico nicht mehr neben ihm war. Vorsichtig drehte er den Kopf nach hinten. Enrico war tatsächlich bei dem Mann stehengeblieben. Samuel schwankte zwischen warten und zurückfahren.

Der Mann auf der Bank flößte ihm ein wenig Angst ein. Er hatte schulterlanges weißes Haar. Er rauchte Zigaretten, an denen er gierig und lange zog. Zwischendurch blies er eine Unmenge Rauch aus. Der Mann trug ein kariertes Sakko. Samuel konnte noch die braunen Schuhe erkennen. Sein

Zögern hatte zur Folge, dass Enrico ihm die Entscheidung abnahm. Er winkte plötzlich und rief seinen Namen. „Sam, komm her!" Zögerlich rollte Samuel näher. „Du, wir sind echt spät dran", versuchte er es mit ein wenig Sicherheitsabstand. Enrico ignorierte seine Bemerkung.

„Sam, das ist Siegfried Jaluzek. Er wohnt im Obdachlosenheim." „Hallo", grüßte Samuel, dem zugleich ein herber Geruch in die Nase stieg. „Hallo, Samuel!", grüßte der Mann zurück. „Freut mich, dich kennenzulernen." Seine sonore Stimme wirkte beeindruckend. „Gleichfalls", nuschelte Samuel. „Fahrt ihr zum Fußballtraining?", erkundigte sich Jaluzek. „Ja." Enrico übernahm wieder das Reden und erzählte ihm von den letzten Spielen. Der Mann hörte zu. Samuel wurde immer nervöser. Mehrmals blickte er verstohlen auf seine Uhr. „Ich glaube, dein Freund will weiter. Er scharrt schon mit beiden Beinen am Boden, wenn ich es so symbolisch ausdrücken darf." Samuel stieg die Röte ins Gesicht. Er versuchte, etwas zu entgegnen, allerdings ging einzig sein Mund auf und gleich wieder zu. Enrico lachte. „Ja, also dann, wir sehen uns ein anderes Mal, Siegfried." „Sicher! Hat mich gefreut, Samuel! Tschüss Enrico!" „Wiedersehen", sagten die Jungs zugleich.

„Das kann uns teuer zu stehen kommen. Wir sind echt spät dran", sagte Samuel. Er atmete bereits etwas schwerer, da Enrico ein hohes Tempo anschlug, welchem er kaum folgen konnte. „Ach, was soll schon sein?", wiegelte Enrico ab. „Maximal, dass wir eine Ermahnung vom Trainer bekommen und ein paar Liegestützen oder Extralaufrunden ausfassen. Alles kein Problem!" „Das sagst du so leicht", meinte Samuel, dem die ersten Schweißperlen von der Stirn tropften.

Sie schafften es, gerade noch rechtzeitig in der Kabine zu erscheinen. Samuel wirkte, als hätte er einen Dauerlauf hingelegt. Während des Umziehens erkundigte sich Samuel wegen Siegfried Jaluzek. „Woher kennst du bitte diesen Mann?", lautete seine Eingangsfrage. „Ob du´s glaubst oder nicht, Julian Moser stellte ihn mir vor. Julian wohnt beim Verdroßpark. Da sitzt Siegfried hin und wieder. Als Obdachloser wohnt er ganz in der Nähe, in diesem Obdachlosenhaus. Julian stellte ihn mir vor, als ich einmal bei ihm im Park war. Siegfried ist ein ehemaliger Mathematikprofessor. Er unterrichtete an einem Gymnasium. Er ist immer freundlich und hilfsbereit, doch aus meiner Sicht trägt er ein Geheimnis mit sich…" Weiter kam Enrico nicht, da ein lauter Pfiff durch die Garderobe hallte. Der

Trainer schrie gleich darauf, dass alle in einer Minute auf dem Feld stehen sollten.

Die Geburtstagsparty

Die Glocke im weißen Kirchturm ließ die Bevölkerung wissen, dass es gerade fünfzehn Uhr geschlagen hatte, als Enrico auf seinem Scooter um die Ecke schoss. Gitti und Samuel standen schon vor der Kirche bei ihrem vereinbarten Treffpunkt. Die Sonne schien vom Himmel und ließ bei den Innsbruckern zum ersten Mal in diesem Jahr einen Hauch von Frühlingsgefühlen aufkeimen.

„Wie immer der Letzte!", scherzte Samuel. „Aber pünktlich wie die Kirchenglocke", parierte Enrico. „Aber wir haben kurz vor drei Uhr vereinbart", setzte Samuel noch eins drauf. Gitti blickte mit ihren blauen Augen von einem zum anderen. „Wird jetzt gleich Blut fließen? Werde ich jetzt Zeugin einer Rauferei?" Spätestens nach diesen beiden Fragen von Gitti war die Diskussion beendet.

Die Saggenbande rollte gemächlich die Sennstraße entlang. Dann bogen sie rechts ab. Beim Haus Nummer zwei blieben sie stehen. Im zweiten Stock wohnte Julian. Enrico drückte den

Klingelknopf. Gleich darauf ertönte ein Summerton und die Tür sprang auf. Sie nahmen die ersten vier Stufen des Siegenhauses. Ein Kopf tauchte oben über dem Stiegengeländer auf. Eine spitze Nase, braune Augen und braune Haare, die nach links frisiert waren. „Endlich!", sagte Julian. „Ich konnte es kaum erwarten, bis ihr kommt."

Gitti, Samuel und Enrico stiegen die Treppen hinauf. Julian stand nun in der Wohnungstüre. „Die Schuhe bitte ausziehen." Julian stellte sich bei Samuel und Gitti vor. Gitti gab er die Hand, Samuel ein High Five. „Kommt rein!" Sie gingen einen Gang entlang. Links und rechts gingen Türen weg. Die vier steuerten auf die letzte Türe zu, die am Ende des Ganges war. Julian öffnete sie einen Spalt. Dann stellte er sich in Pose und begann: „Meine Herren, die weltberühmte Saggenbande!" Er gab der Tür einen Schubs, sodass sie ganz aufging. Alle Augen waren nun auf Samuel, Gitti und Enrico gerichtet. Keiner sagte etwas. Enrico brach das Schweigen: „Samuel, Gitti, das sind Richard und Rudi. Sie gehen beide mit uns in die Klasse. Die beiden anderen kenne ich auch nicht." „Das sind meine beiden Cousins Kevin und Justin." „Toll! Ich bin das einzige Mädchen", raunte Gitti so leise, dass nur Enrico und Samuel es hörten. „Dafür bist du die Hübscheste!", flüsterte Samuel zurück. Enrico prustete los. Gitti quittierte den Ausspruch mit einem Ellbogenstoß in Samuels Rippen.

Dann passierten drei Sachen zugleich. Enrico fiel ein, dass er den Sack mit dem Geschenk noch an seinem Roller hängen hatte. Er entschuldigte sich und eilte hinunter. Samuel röchelte nach Luft und rieb sich die Seite. Weiter vorne im Gang ging eine Türe auf. Frau Moser trat in den Gang. „Ah, nun sind alle da. Du musst Gitti sein. Julian hat schon viel von dir erzählt. Du bist immerhin das einzige Mädchen, das eingeladen wurde." Sie lachte. Gitti blickte hilfesuchend zu Samuel. Dieser würde ihr in dieser Situation keine Hilfe sein. Das erkannte sie sofort. „Und du bist Samuel. Dich kenne ich auch noch nicht." Frau Moser sah ihn an. „Hast du Schmerzen?" Samuel schüttelte den Kopf. Frau Moser wischte sich die Hände an ihrer Schürze ab.

„So, dann kommt doch alle ins Wohnzimmer. Zuerst wollen wir den Kuchen essen." Justin und Kevin düsten voraus. Das Wohnzimmer war das erste Zimmer links neben der Eingangstüre. Enrico kam wieder dazu, als Gitti als Letzte in den Raum ging. Auf der rechten Seite stand ein Fernseher, davor eine riesige Couch. Links war ein feierlich gedeckter Tisch, in dessen Mitte eine Sachertorte stand. Teelichter brannten an verschiedenen Stellen des Tisches. Krüge mit Saft -Orangensaft und Kirschsaft -sowie Plastikbecher, standen bereit. Für jeden war ein Teller und eine Gabel aufgedeckt worden. Die Namensschilder verrieten, dass Enrico neben Julian sitzen sollte. Neben ihm war Gittis Platz, Samuel saß neben seiner Mitschülerin. „Bitte hilf mir! Du musst bei mir bleiben! Sonst gehe ich sofort wieder. Ich fühle mich hier nicht wohl!", raunte Gitti Enrico ins Ohr. Unmerklich nickte er.

Nachdem sich alle gesetzt hatten, hielt die Mutter eine kurze Rede. Sie begrüßte die eingeladenen Freunde noch einmal. Dann zündete sie die Kerzen am Kuchen an. Enrico zählte ein. „Zwei, drei, vier." „Happy Birthday to you", begann er. Nur zögerlich setzten die anderen ein. Die Zeile „Happy Birthday, lieber Julian, happy Birthday to you!", wurde von den meisten nur gehaucht.

Nun bedankte sich auch Julian, dass alle gekommen waren. Er schloss die Augen und blies dann alle Kerzen aus. Applaus kam auf. Während Frau Moser den Kuchen anschnitt und Stücke auf die Teller verteilte, packte Julian seine Geschenke aus. Als Zweites war das Präsent der Saggenbande an der Reihe. Jubelnd sprang Julian in die Höhe.

„Danke! Danke! Danke! Das habe ich mir wirklich am meisten gewünscht! Und dazu noch mein spanischer Lieblingsverein!" Enrico, der bereits ein Stück Kuchen im Mund hatte, erklärte, dass das Geschenk auch von Gitti und Samuel war. Kevin und Justin rümpften die Nase. „Das ist doch kein Sport. Skifahren – das ist ein Sport mit Zukunft." Julian winkte ab.

So verging eine halbe Stunde. Nach dem Kuchen gab es noch Knabbergebäck. Enrico aß, als hätte er seit Wochen nichts mehr zu essen bekommen. „So, jetzt bildet Zweierteams", forderte die Mutter die Gesellschaft auf. „Ich gehe mit Enrico ins Team", platzte Julian heraus. Die anderen Teams waren auch alle rasch gefunden. Rudi und Richard, Kevin und Justin. Blieben noch Gitti und Samuel. „Ich gehe mit dir nur in ein Team, wenn du mich nicht schlägst!" „Kommt darauf an, wie frech du bist." „Also dann frage ich nicht nach, ob ich einen Bonus kriege, weil ich mit dem Mädchen in einer Gruppe sein muss." „Darf", verbesserte sich Samuel rasch. Gitti sah ihn an. Doch Samuel grinste von einem Ohr bis zum anderen. Da musste auch Gitti schmunzeln.

Sie gingen hinunter in den Hof. Frau Moser hatte mithilfe von zwei Freundinnen mehrere Stationen aufgebaut. „Also, jede Gruppe muss jede Station besuchen. Ich und meine Freundinnen erklären bei der jeweiligen Station, was ihr genau machen müsst. Julian und Enrico, ihr fangt beim Limbo Tanzen an." Die anderen lachten. „Rudi und Richard, ihr geht bitte zu Veronika. Dort müsst ihr Dinge ertasten. Kevin und Justin, ihr zieht euch die Flossen dort an. Ihr müsst damit einen kleinen Parcours nach Zeit ablaufen. Samuel und Gitti, ihr beginnt bei Hermine beim Münzzielwurf. Wenn ich pfeife, ist Wechsel. Bis jeder überall war."

Ein Pfiff ertönte. Mit Eifer und Ehrgeiz begannen die Kids bei ihren Stationen. Enrico und der Limbotanz wurden keine Freunde. Julian konnte deutlich tiefer als er unter dem Besen durchtanzen. Samuel und Gitti mussten aus einer gewissen Distanz Münzen in einen Topf werfen. Vor allem Gitti stellte sich dabei sehr geschickt an.

Den Abschluss bildete die Siegerehrung. Aber statt fixen Preisen erhielten Rudi und Richard als Siegeslohn eine Karte. Nun jagten alle acht Kinder gemeinsam einem Schatz hinterher. Acht Schritte nach Westen, zwölf nach Osten, wieder zwei nach Norden. So ging es quer durch den Innenhof. Am Ende buddelten dann Enrico und Julian die Kiste aus dem Sandkasten. Jeder erhielt einen Sack mit seinem Namen, in dem ausreichend Schleckzeug als Erinnerung und Lohn gehortet war.

„So, nun könnt ihr noch ein wenig Fußballspielen, wenn ihr wollt", meinte Frau Moser, die die Zeit genutzt hatte, um Fotos zu machen. „Wenn du nicht Fußballspielen willst, kannst du mir beim Schneiden in der Küche helfen, Gitti." Gitti nahm den Vorschlag dankend an. „Wie attraktiv Küchenarbeit sein kann, wenn die Alternative Fußball ist", dachte sich Gitti und ging hinter Frau Moser und ihren Freundinnen her in die Wohnung.

Die Jungs bekamen dies gar nicht mit. Sie wählten bereits die Teams. Familie Moser gegen den Rest war eine Variante. Dann kam der Vorschlag, alle Klassenkameraden vom Adolf-Pichler-Platz sollten gegen den Rest spielen. Es wurde gefeilscht und verändert und neu probiert. „Lasst uns doch im Park spielen!", meinte Kevin irgendwann. „Ja, dort sind weniger Hindernisse, als hier im Hof", pflichtete ihm Justin bei. So wechselte die Geburtstagsgesellschaft in den Verdroßpark. Voller Stolz holte Julian seinen neuen Fußball.

Sekunden später jagten alle dem Ball hinterher. Es wurde gerufen, gepasst, geschossen, angegriffen und abgewehrt. Die Jungs waren so sehr auf das Spiel fokussiert, dass sie gar nicht mitbekamen, was um sie herum passierte. Erst der Schrei eines Jungen ließ sie in ihrem Spiel innehalten. „Darf ich mitspielen?", fragte er keck. Der Bube war ungefähr einen Kopf kleiner als Enrico und hatte vorne oben eine Zahnlücke. Seine braunen Haare schienen fettig zu sein. „Jakob Priemtl, das fehlte noch!", zischte Julian. „Was ist los? Ihr seid doch einer zu wenig. So wären wenigstens die Mannschaftsgrößen ausgeglichen." „Die ganze Zeit hänselst du mich, du lässt mich nie mitspielen. Warum sollte ich dich jetzt mitspielen lassen?" „Wenn nicht, würdest du es teuer zu stehen bekommen!"

Das war zu viel für Enrico. „So, ihr beiden. Jetzt ist aber gut! Du kannst natürlich mitspielen. Euren Streit könnt ihr ein anderes Mal klären. Lasst uns weiterspielen. Du spielst mit den Jungs oben." „Danke", sagte Jakob und trabte zu den anderen. „Sei nicht beleidigt", meinte Enrico an Julian gewandt. „Es ist so wirklich viel praktischer." „Das hat noch nie etwas Gutes bedeutet, wenn er so freundlich ist", entgegnete Julian.

Die Jungs spielten weiter. Zunächst verlief alles friedlich. Das Spiel ging hin und her. Doch dann fing Jakob an, destruktiv zu spielen. Immer öfter versuchte er, versteckte Fouls zu begehen. Am Schlimmsten war es, wenn Julian am Ball war. Dann zeigte Jakob am meisten Einsatz. Einmal versuchte er, Julian den Ball durch Rutschen mit beiden Beinen nach vorne gestreckt am Boden abzunehmen. Dies gelang nicht, da Julian geistesgegenwärtig auswich. Man sah ihm allerdings an, dass seine Laune in den Keller sank und sein Zorn zunahm.

Wenige Minuten später spielte Enrico einen Steilpass auf Julian. Er lief so schnell ihn seine Beine trugen, um den Ball zu erwischen. Jakob heftete sich an seine Fersen. In hohem Tempo jagten sie die Wiese hinunter. Tatsächlich schaffte es Julian, den Ball rechtzeitig zu erreichen. Er stoppte sich und das Spielgerät. Doch Jakob lief ohne abzubremsen in Julian hinein. Er traf ihn mit ausgefahrenem Ellbogen am Oberkörper. Der Gefoulte klappte zusammen und landete am Boden. Kurz röchelte Julian, dann sprang er auf. „Das war zu Fleiß, du Trottel!" Er holte mit der Hand aus – und schlug ein Luftloch. „Was unterstellst du mir da?", verteidigte sich Jakob. Enrico und Richard stellten sich zwischen die beiden Streithähne. „Beruhigt euch jetzt!", beschwichtigte Enrico. „Der hat es auf mich abgesehen!", beschwerte sich Julian. „Tagein, tagaus!" „Ah, Moser, du Vollpfosten! Du siehst Gespenster!" Jakob machte eine abfällige Handbewegung und spuckte auf den Boden.

Schließlich kehrte wieder Ruhe ein. Julian und Jakob tauschten noch ein paar verbale Nettigkeiten aus. Dann wurde weitergespielt. Enrico achtete darauf, dass die beiden sich nicht zu nahe kamen. Ohne Erfolg. Als Jakob den Ball führte, sprintete Julian hin und setzte eine Grätsche an. Jakob hatte dies augenscheinlich erwartet. Er sprang rechtzeitig in die Luft. Nun geschah das Unvermeidliche. Irgendwann musste Jakob wieder landen. Allerdings lag Julian unter ihm am Boden. Jakob traf bei der Landung Julian am linken Knöchel und am rechten Oberschenkel. Keine zwei Sekunden später waren beide in einem Knäuel verstrickt. Sie wälzten sich hin und her. Beide versuchten, Schläge zu platzieren und gleichzeitig die des anderen abzuwehren. Nur mit vereinten Kräften konnte man die Streithähne voneinander trennen. „So hat das keinen Sinn!", schimpfte nun Enrico. „Was ist bloß los mit euch?" Doch die Kontrahenten starrten sich nur an. „Das wirst du mir büßen! Du Muttersöhnchen, du elendiges!", flüsterte Jakob. „Hör auf zu drohen!", warnte Enrico. „Ich weiß nicht, was genau in euch gefahren ist, aber eigentlich sollte es nur ein Fußballspiel unter Freunden sein." „Pah, Freunde", blaffte Jakob. „Der Affe und – ein Freund. Mit dem Mamaheuler kann und will man nicht befreundet sein." Nach diesen Worten drehte sich Jakob um, und lief aus dem Park. Er blieb nur einmal kurz stehen. „Wir sehen uns wieder, Moser! Dann wirst du alleine sein und es wird kein so gutes Ende für dich nehmen!", schrie Jakob, ehe er hinter der Ecke verschwand.

Julian hatte nichts gesagt. Er stand da mit gesenktem Kopf. Tränen liefen ihm über die Wangen. Sein Gesicht war knallrot angelaufen. Samuel lief zu ihm. „Nimm es nicht so schwer. Ich kenne den Jakob. Zwar nur vom Sehen, dafür aber ungefähr hundert Geschichten über ihn. Der ist keiner, mit dem man gerne Kirschen ist, wie meine Oma oft sagt. Der ist zu vielen unfair und gemein. Außerdem ist heute deine Geburtstagsfeier. Und es war bis jetzt so ein toller Tag. Lass uns weiterspielen." „Was Sam meint, ist, du sollst dir nicht deinen Tag versauen lassen. Er sagt es nur ein bisschen geschwollen", sprang Enrico seinem Freund zur Seite. Es rannen noch ein paar stumme Tränen über Julians Wangen, dann nahmen die Jungs das Spiel wieder auf, wenn auch nur sehr zögerlich.

Julians Mutter, ihre Freundinnen und Gitti hatten von den Ereignissen nichts mitbekommen. Nachdem sie nach oben gegangen waren, hatte Frau Moser Gitti einen Saft gemacht. „Du musst natürlich nicht helfen! Das machen wir schon. Du kannst dich ins Wohnzimmer setzen und tun, was du möchtest. Zeichnen, etwas basteln. Die Möglichkeiten sind sehr gering. Viele Spielsachen für Mädchen haben wir nicht." „Das macht gar nichts, Frau Moser. Ich setze mich einfach ins Wohnzimmer und trinke meinen Saft." „Jetzt weiß ich, was du möchtest!" Sie verschwand, um kurze Zeit später mit einem Nintendo DS und zwei Spielen zurückzukommen. „Hier kannst du spielen. Mario und Zelda. Mehr Spiele haben wir nicht. Ich lasse die Tür offen. Sag, wenn du etwas brauchst." „Danke."

Gitti trank ihren Saft, und schaute sich im Zimmer um. Dann nahm sie sich die Nintendo Konsole, legte ein Spiel ein und begann halbherzig zu spielen. Sie vernahm ein lautes „Plopp", kurz darauf klirrten Gläser aneinander. Die Damen unterhielten sich. Gitti hörte mit einem Ohr zu. Sie gratulierten sich gegenseitig zu den gelungenen Spielen. Es wurde über irgendwelche Personen gesprochen, die Gitti nicht kannte. Zwischendurch lachten die Damen laut auf. „Wir müssen aber auch nebenher ein paar Dinge schneiden", ermahnte Frau Moser. Kurz darauf ertönte regelmäßiges Klappern.

Gitti widmete sich wieder ihrem Spiel. Doch ihre Aufmerksamkeit wurde erneut in die Küche gelenkt, nämlich, als sie folgenden Satz hörte: „Es ist so schön, dass du wieder lachen kannst, liebe Margit." „Ja, genau", pflichtete eine Stimme bei. „Och, ich sage euch, mir ist ein echter Stein vom Herzen gefallen. Mir war vor allem wichtig, dass der heutige Tag für Julian etwas Besonderes wird. Sein Geburtstag. Jetzt ist er bald ein Teenager. Vor allem will ich, dass Julian auch positive Erinnerungen hat, nach den schrecklichen Dingen, die über uns hereingebrochen waren." Gittis Aufmerksamkeit war nun ganz beim Gespräch in der Küche. Sie wollte niemanden belauschen, aber da die Damen in normaler Lautstärke sprachen, hörte sie jedes Wort.

„Wir wissen natürlich alles, wir haben dich ja begleitet." „Ich konnte einfach nicht mehr. Ich habe so lange zugesehen. Irgendwann war es einfach zu viel." Die Stimme von Frau Moser war während der letzten Sätze brüchig geworden. „Glaube mir. Es ist das Beste, was dir passieren konnte!" Frau Moser schnäuzte sich. „Ich habe alles weggesteckt. So lange ich konnte. Irgendwann war das Fass einfach voll". Das Schluchzen wurde lauter. „Das hast du toll gemacht!", sagte eine dritte Stimme. „Jetzt geht es ihr seit langem endlich wieder besser, und du musst das Thema anschneiden." Gitti verstand nicht viel, die beiden Freundinnen keppelten scheinbar miteinander. Zwischendurch kamen Schluchzer und Wortfetzen von Frau Moser. „Schon gut, es ..." und „... ich konnte nicht mehr" oder „... mein Gott, es ging um Julian". Danach entstand eine Pause.

„Wie geht es Julian denn überhaupt?" „Ach, er ist ein echter Schatz. Er versucht alles, damit es mir gut geht. Dabei schlüpft er automatisch in die Erwachsenenrolle. Seit mein Mann ausgezogen ist, fragt er oft, ob ich etwas benötige. Ansonsten sitzt er nur in seinem Zimmer." „Julian hat doch selbst gesehen, wie dein Mann oft sternhagelvoll nach Hause gekommen ist. Es war ja praktisch täglich." „Aber er ist sein Vater. Erwin und er verstanden sich prima." „Na, er wird doch mitbekommen haben, wenn er sich kaum auf den Beinen halten konnte. Und dass er am Wochenende lieber ins Wirtshaus ging, als mit ihm zu spielen." „Das stimmt gar nicht! Erwin kümmerte sich genauso um Julian." „Das beantwortet meine Frage nicht." „Ehrlich. Ich habe mehrmals versucht mit Julian zu reden. Er spricht immer ganz liebevoll von Erwin." „Und was ist mit der anderen Frau?" „Das weiß Julian nicht. Es geht ihn auch gar nichts an!"

„Erwin ist seit zwei Monaten weg. Ich glaube, er kommt nicht zurück. Daher war es mir umso wichtiger, dass der heutige Tag für Julian ein besonderer wird. Dafür danke ich euch." Es wurde still. Gitti hörte Schritte, schnell widmete sie sich wieder der Konsole, die sie in den Händen hielt. „Ist bei dir alles in Ordnung?" Frau Moser versuchte zu lächeln. Gitti fiel die wegen der Tränen verlaufene Schminke auf. „Ja, danke, alles bestens. Soll ich noch etwas helfen?" „Nein, schon gut. Das ist nett von dir. Es passt gut." „Gut passt hier gar nichts", dachte sich Gitti und nahm einen Schluck Saft.

Woanders

Das typische Zischen erklang im Raum. Das Zischen vom Öffnen einer Dose. Gierig wurden ein paar Schlucke getrunken. Der Schlucklaut war in kurzen Abständen zu hören. Dann folgte ein tiefer Atemzug. Die Person schlurfte zum Fenster. Sie sah nach unten. Da spielten mehrere Kinder

Fußball. Eine Welle von Zorn brandete in ihr auf. Diese Bengel müssen ständig einem Ball hinterherjagen. Dabei wussten sie gar nicht, welchen Lärm sie dabei veranstalteten. Sogar durch das geschlossene Fenster konnte sie praktisch alles verstehen. Durch das geschlossene! Vom Öffnen des Fensters konnte keine Rede sein, dann wäre der Lärm vermutlich ohrenbetäubend. Keine Zufuhr von Frischluft! Für sie eine wahrliche Einschränkung der Lebensqualität. Und warum? Wegen der Kinder.

Kinder! Kinder waren in den Augen der Frau sowieso das allerletzte. Und die Kinder da unten kamen an der allerletzten Stelle. Kinder waren wie Zecken. Nein, schlimmer. Schließlich konnte man sich gegen Zecken impfen lassen. Und dann erst diese Eltern. Die waren der Gipfel der Unmöglichkeit. Sie glaubten, ihre Bälger könnten und dürften alles. Erst kürzlich hatte sie versucht, gegen diese unausstehlichen Zustände vorzugehen. In der Mieterversammlung machte sie den Vorschlag, das Fußballspielen zu verbieten. Praktisch in jedem anderen Park, Hof oder Garten standen die Schilder: „Das Fußballspielen ist auf diesen Grünflächen verboten." Oder: „Ballspielen und Fahrradfahren strengstens untersagt." Wobei es der Person gar nicht um das Fußballspielen an und für sich ging. Die Frau wollte, dass der Lärm aufhörte. Dies ging nur, wenn man dafür sorgte, dass die Kinder woanders spielen würden. Und mit einem Fußballverbot hätte sie zumindest schon einmal die gesamte Jungenschar quasi woanders hin verschoben.

Aber die Eltern hatten ihren Plan durchkreuzt. Schlimmer noch, die ältere Dame stand überhaupt allein auf weiter Flur! Den Aufschrei der Eltern in der Mieterversammlung hatte sie sogar ein wenig erwartet. „Frechheit!" und „Unerhört!" waren die ersten Zwischenrufe, als sie ihren Vorschlag präsentierte. Dies prallte an ihr ab. Mit was sie nicht gerechnet hatte, war, dass die anderen Mieter – kinderlose Paare und Pensionisten – ebenfalls gegen den Vorschlag waren. Da fielen Sätze wie „man muss den Kindern einen Platz zum Spielen lassen" oder „Mich stören die Kinder nicht – im Gegenteil, ich empfinde es sogar als schön, wenn ein wenig Leben um die Bude ist." Das musste man sich vorstellen! Der erste Satz kam von einem jungen Paar, das im Einserhaus wohnte und keine Kinder hatte. Durch ihren Job waren sie praktisch die ganze Woche nicht zu Hause. Wenn sie am Abend von der Arbeit heimkehrten, waren die Sprösslinge längst schon beim Abendessen.

Am Wochenende machten sie lange Ausflüge. Klarerweise störten sie die Kinder nicht.

Der zweite Satz kam von einer Rentnerin. Einer Möchtegern-Fünfzigerin. Sie hopste selbst jeden Tag durch den Park. Am Vormittag im rosafarbenen Jogginganzug und mit einem pinken Stirnband. Es sah nur lächerlich aus. Alle hatten gegen sie gestimmt. Diese heuchlerische Bagage. Die Nacht über konnte die Person nicht schlafen. Während sie wach auf die Decke gestarrt hatte, erkannte die Dame zwei Dinge: Erstens, wie weit sich der Virus bereits ausgebreitet hatte; und Zweitens wurde ihr klar, dass sie diesen Kampf alleine führen musste. Die anderen würden schon noch sehen, wer am längeren Hebel saß. Es würde eine gewisse Zeit dauern, doch ein gutes Ende schien ihr gewiss.

Die Frau trank noch ein paar Schluck Bier aus der Dose. Das Bier konnte auch nichts an der derzeitigen Misere ändern, aber irgendwie wurde es nach ein paar Dosen erträglicher. So weit war es bereits gekommen, dass sie Bier trank, um den Lärm zu ertragen. Die Person schaute erneut auf die fußballspielenden Kids. Man müsste ihnen den Ball aufschlitzen. Einfach ein Messer hinein, damit die Luft entwich und der Ball wäre für alle Zeiten kaputt. Dann würden sie vielleicht einen neuen Ball kaufen, aber spätestens nach dem dritten mysteriös zerstochenen Ball hätte die Rentnerin einen kleinen Etappensieg erzielt. Dies war nur eine von tausend Varianten. Aber es war Zeit, an die Planung zu gehen. Ihr Plan für das Ziel: „Kinderfreie Zone" musste perfekt sein. Der Dame war bewusst, dass sie von allen anderen Bewohnern nun beobachtet wurde. Aber es war ihr egal. Sie musste höchste Vorsicht walten lassen. Und Geduld bewahren. Würde sie zu früh starten, wäre sie die Hauptverdächtige. Doch die Wartezeit konnte sie zur Planung nutzen.

Abermals setzte sie die Dose an die Lippen. Nach zwei Schlucken setzte sie sie abrupt ab. Was taten die Jungs da unten? Sie trat näher zum Fenster, um die Szene genauer zu sehen. Tatsächlich, zwei hatten begonnen miteinander zu raufen. Sie wälzten sich im Gras. Ein vorsichtiges Lächeln umspielte ihre Lippen. Vielleicht spielte die Zeit für sie, nur anders, als die Dame selbst erwartet hatte. Möglicherweise würden sich die Kinder so lange bekriegen, bis von ganz allein Ruhe einkehrte. Ein neuer Gedanke kam ihr in den Sinn. Es könnte auch nützlich sein, so lange Zwietracht und Streit zu sähen, bis die Kinder gar nicht mehr miteinander spielen wollten. Auch dies wäre eine mögliche Variante.

Die Frau beobachtete die Szenerie unten noch ein wenig. Mit ein bisschen Bedauern verfolgte sie, wie die anderen die beiden Streithähne voneinander trennten. Für ihren Geschmack war die Dauer des Gerangels ein wenig zu kurz. Sie malte sich ein imaginäres Bild, in welchem der Streit länger dauerte. In ihrer Vorstellung verliefen die Ereignisse so: Zunächst der Streit als Auslöser. Die beiden Buben wälzen sich am Boden. Die Mitspieler eilen herbei, um die beiden voneinander zu trennen. Doch anstelle der Trennung geraten zwei weitere Gegner in einen heftigen Disput. Auch sie beginnen, sich am T-Shirt zu packen. So entstehen nach und nach viele Zweiergruppen. Anstatt geschlichtet zu werden, eskaliert der Streit. Nach ein paar Kratzern und blutigen Nasen gehen die beiden Parteien auseinander. Ab nun sind die Kinder in zwei Hälften geteilt. Keiner will mehr ins Freie gehen, da man befürchtet, Teile der gegnerischen Gruppe zu treffen. Die Kinder treffen sich viel lieber in irgendwelchen Wohnungen von Gleichgesinnten. Und vor dem Fenster der Person kehrte – zumindest in ihrer Vorstellung – endlich Ruhe ein. Ein wahrer Erholungstempel entstand vor ihrem

Haus, wo sich Leute treffen, die die Stille genießen und zu schätzen wissen.

„Zu mir, zu mir!" Der Ruf holte die Person zurück in die Realität. Ihr Traum zerplatzte wie eine Seifenblase. Sie blickte nach unten. Die Kinder hatten ihr Spiel wieder aufgenommen. Sie jagten dem Ball hinterher, als wäre nichts passiert. Sie holte tief Luft. Es wartete viel Arbeit auf sie. Die Person schlurfte zum Kühlschrank und nahm sich noch eine Dose Bier heraus. Abwarten und Bier trinken, lautete das Motto. Vorerst.

Eine leichte Veränderung und eine Bitte um Hilfe

Es lief gerade die dritte Stunde im Gymnasium am Adolf-Pichler-Platz. Geographie stand auf dem Stundenplan, und die Lehrerin sprach gerade sehr engagiert über den Innsbrucker Stadtturm. Wann der Turm erbaut wurde und warum. Sie erzählte von den Wächtern, die oben standen, um die Innsbrucker Bürger vor Gefahren zu warnen. Feuer und andere Katastrophen sollten rechtzeitig erkannt werden.

Obwohl die Lehrerin spannend erzählte, war Enrico mit seinen Gedanken so weit weg, wie das Jahr, in dem der Turm gebaut wurde. In seinem Kopf drehte sich alles um die Frage, was mit seinem Mitschüler Julian sein könnte. Die Geburtstagsfeier lag jetzt zwei Tage zurück. Es war ein sehr netter Nachmittag, und die abschließende Pizza ein wahrlich krönender Abschluss. Gestern hatte, so war Enricos Meinung, alles gepasst. Julian und er hatten in der großen Pause ausführlich über die Feier gesprochen. Auch Richard und Rudi hatten ebenfalls nur lobende Worte gefunden. Julian schien glücklich zu sein. Mehrmals hatte er sich bei Enrico für den tollen Ball bedankt. Und Enrico musste ihm versprechen, seinen Dank auch Gitti und Samuel auszurichten. Enrico hatte beteuert, dies selbstverständlich zu machen. Noch am Nachmittag würde er den beiden die Dankesworte ausrichten. Dies war gelogen, denn seit der Geburtstagsparty hatte Enrico weder mit Samuel noch mit Gitti gesprochen. Allerdings hatten sie vereinbart, sich an dem heutigen Tag zu treffen.

Enricos momentanes Problem lag eher an dem heutigen Verhalten von Julian. Es hatte sich verändert. Julian saß kerzengerade auf seinem Platz. Sie gingen schon länger in die gleiche Klasse.

Julian war kein Mitschüler, der auf seinem Platz lümmelte. Da musste Enrico sich eher an die eigene Nase fassen. Er war mit Sicherheit bei den Stuhlreitern unter den Top drei. Eventuell auch in Führung. Denn die Religionslehrerin hatte vermutlich ihn am öftesten ermahnt, dass dies ein Stuhl sei und kein Pferd. Ihre Worte „Enrico, so lange du keinen Reiterhelm aufhast, darfst du auch nicht reiten. Weder am Pferd noch am Stuhl!" gehörten zu den Fixpunkten in jeder zweiten Religionsstunde.

Julians Haltung war anders als sonst. Noch einen Tick gerader als üblich. Dies konnte zwar auch alles Einbildung sein. Enrico bezweifelte jedoch, dass er sich dies einbildete. Sein Verdacht war bereits in der ersten Stunde aufgekeimt. Wegen einer Beobachtung. In der Mathestunde hatte Enrico auf seinem Stift gekaut und sich in der Klasse umgeblickt. Schon da war ihm die Haltung von Julian eigenartig erschienen. Kurze Zeit später hatte Julian sich kurzzeitig zurückgelehnt. Sobald sein Rücken die Lehne berührt hatte, war er sofort wieder nach vorne in die aufrechte Sitzposition geschnellt. Als hätte ihn eine Biene gestochen. Außer Enrico war es niemanden aufgefallen.

Enrico wollte in der Pause zu Julian gehen und ihn diesbezüglich befragen. Doch mit dem Ertönen der Glocke verschwand Julian auf der Toilette. Die Schulglocke zeigte das Ende der Pause an, ehe Julian in die Klasse zurückkehrte. Sein Gesicht war verändert. Enrico hatte den Eindruck, Julian hätte geweint. Nach der zweiten Stunde eilte Julian sofort wieder auf die Toilette. Dieses Mal folgte Enrico ihm. Julian hatte sich in einer Kabine eingesperrt. Enrico klopfte an die Türe. „Julian, was ist los mit dir? Geht es dir nicht gut? Ist dir schlecht?" Es kam keine Antwort. Enrico rüttelte an der Klinke. „Lass mich in Ruhe", meldete sich Julian schließlich mit tränenerstickter Stimme. „Weinst du etwa?", erkundigte sich Enrico und schämte sich seiner Frage im selben Moment, als er sie ausgesprochen hatte. An dieser Stelle war ihr Klogespräch beendet. Denn die Eingangstüre ging auf und zwei Buben aus der dritten Klasse polterten herein. Sie lachten und schubsten sich. Enrico war klar, dass Julian nichts sagen würde. Er trabte in die Klasse zurück. Der Unterricht hatte bereits wieder begonnen, als Julian in die Klasse schlüpfte und eilig auf seinen Platz ging.

Enrico schaute auf sein Heft. In dieser Stunde hatte er nur wenig mitgeschrieben. Er musste unbedingt alles nachtragen. Die Lehrerin erzählte gerade von einem Brand und berichtete, von dessen schrecklichen Folgen für Tiere und Bewohner. Enrico driftete mit seinen Gedanken wieder ab und suchte mögliche Erklärungen für Julians Verhalten.

Die Pausenglocke ertönte, beendete die Stunde und läutete zugleich die große Pause ein. Die Schüler aus allen Klassen eilten in den Hof hinaus. Enrico blieb nahe dem Eingang stehen. Während seine Klassenkameraden einem Ball hinterherjagten, wartete er auf Julian. Es dauerte ein wenig, schließlich trat Julian aber langsam auf den Pausenhof. Er biss in sein Brot und kaute langsam. Als Enrico von der Seite zu ihm trat und Julian ansprach, zuckte dieser zusammen. „Was ist los mit dir?" „Sag einmal, spinnst du? Mich so zu erschrecken!" „Ich will wissen, was mit dir los ist. Jede Pause läufst du aufs Klo, sperrst dich ein und heulst. Das ist nicht normal." Julian schwieg. Es verging ein wenig Zeit. „Enrico, ich muss dich etwas fragen", waren dann die ersten Worte von Julian. „Wenn es hart auf hart kommt, du würdest doch zu mir stehen, oder?" „Wie meinst du das denn?" Enrico war perplex. „Ja oder nein?" „Sicher, du bist mein Freund, da gibt es nichts daran zu rütteln." „Das heißt ja? Ich kann also auf dich zählen?" „Du sprichst in Rätseln. Warum auf mich zählen?" „Enrico, bitte stehe wenigstens du zu mir. Ich bitte dich nur, dir nächsten Mittwoch freizuhalten. Später Nachmittag." „Das geht nicht, da habe ich Fußballtraining."

„Siehst du, also bin ich dir doch nicht wichtig." In diesem Moment läutete die Schulglocke. Die Kinder strömten zurück ins Gebäude. Enrico konnte nichts mehr erwidern. Während er noch seine Gedanken sortierte, geschah folgendes: Julian drehte sich um und wollte Richtung Garderobe gehen. Noch vor den ersten Stiegen rempelte ihn ein Schüler aus der dritten Klasse von hinten an. Die Jungs aus der Dritten hatten fangen gespielt und wollten das Spiel noch bis zur Umkleide fortführen. Es wurden Hacken geschlagen, nach vorne gesprungen, ausgewichen und gedrängelt. Einer der Schüler aus der 3a wollte gerade ausweichen, Schlug einen Haken und hatte den Kopf nach hinten gedreht. Mit dem Ellbogen erwischte er Julian genau im Kreuz. Julian schrie auf und klappte zusammen. Tränenüberströmt blieb er am Boden liegen. Enrico bahnte sich einen Weg durch die Menge. Doch die Schüler waren alle stehengeblieben. Die Werklehrerin, die Pausenhofaufsicht hatte, ruderte mit den Armen. „Weitergehen, immer weitergehen. Da gibt es nichts zu sehen." Enrico wollte zu Julian, doch die Lehrerin ließ ihn nicht durch. „Enrico Pfeisler, geh in deine Klasse!" Jeglicher Einspruch war zwecklos. Enrico trabte zurück. Der Unterricht hatte schon wieder angefangen. Julians Platz blieb leer. Er kehrte bis Schulschluss nicht mehr in die Klasse zurück.

Eine kurze Besprechung

Am Nachmittag traf sich die Saggenbande bei Samuel im Hof. Gitti und Samuel schimpften über die Unmenge an Hausübungen, die sie für diesen Tag bekommen hatten. „Wieso bist du denn heute so still?", erkundigte sich Gitti schließlich bei Enrico. „Der Vormittag war heute etwas eigenartig. Es gibt ein paar Dinge, die mir nicht aus dem Kopf gehen wollen." „Bist du deshalb so still heute?" „Hm. Ja." Samuel schaltete sich ein. „Ist etwas passiert?" Samuels Glitzern in den Augen war kaum zu übersehen. Gitti schüttelte verwundert den Kopf. „Ich weiß es nicht", begann Enrico. „Es geht um Julian." „Den Julian von der Geburtstagsfeier?", wollte Samuel wissen. Enrico nickte. Dann erzählte er von der komischen Sitzhaltung, die ihm aufgefallen war. Von der Begegnung im Klo und seiner Vermutung, Julian würde weinen. Von den Ereignissen im Pausenhof und, dem eigenartigen Gespräch. Den Abschluss machten die Geschehnisse nach der großen Pause. „Julian kam nicht mehr in die Klasse zurück." „Bist du nicht bei ihm vorbeigegangen nach der Schule? Um dich zu erkundigen, wie es ihm geht?" Gitti zog eine Augenbraue nach oben. „Nein, ich habe mich nicht getraut. Vielleicht benötigt er einfach Ruhe." „Ja, aber er muss doch nachschreiben?" „Die Bemerkung kann nur von dir kommen!" Enrico prustete los. „Das wäre natürlich deine größte Sorge, Sam." Samuel wurde rot.

„Ich fasse noch einmal zusammen." Gitti zählte die Punkte nacheinander auf. „Zuerst glaubst du, Julian sitzt anders. Dann geht er jede Pause auf das Klo, heulen." Enrico nickte. „Im Pausenhof fragt er dich, ob du zu ihm stehen würdest. Nein, eigentlich bittet er dich sogar, zu ihm zu stehen. Aber warum?" „Ich habe keine Ahnung." „Ist etwas Wichtiges nächsten Mittwoch? Am späten Nachmittag?" Enrico zuckte die Schultern. „Da haben wir immer Fußballtraining." „Das habe ich ihm auch gesagt, Sam." Die beiden Jungs begannen sogleich mit großen Spekulationen darüber, was denn am nächsten Mittwoch sein könnte. „Vielleicht will er auch zum Fußballtraining kommen, hat aber Angst, alleine dazustehen als Neuling", schlug Samuel vor.

„Nein, das glaube ich nicht. Außerdem würde er mich dann nicht bitten, mir diesen Zeitpunkt freizuhalten. Da bin ich ja sowieso", wandte Enrico ein. „Vielleicht hat er sonst einen Wettkampf und will, dass du ihn anfeuern kommst." „Sam, dann kann er doch wohl bitte sagen: Enrico, komm nächsten Mittwoch zur Skisprungschanze nach irgendwo, oder zur Laufstrecke was-weiß-ich-wo, oder ins Stadion egal wo. Warum sollte er ein Geheimnis daraus machen?"

So ging es noch eine ganze Weile hin und her. Einzig Gitti hatte nach ihrer Zusammenfassung nichts mehr gesagt. Dies fiel Enrico nach etlichen Minuten auf. „So kommen wir nicht weiter, Sam. Wieso bist du eigentlich so still, Gitti?" „Punkt eins, weil eure Spekulationen dämlich sind." Sie verstummte. „Was ist Punkt zwei?" „Nichts, nichts", wiegelte Gitti ab. Doch die Jungs hatten sie bereits durchschaut. „Du sagst Punkt eins nicht ohne Grund, Gitti!" Samuels Neugierde war geweckt. „Du weißt was", schob er nach. Gitti schüttelte den Kopf. „Doch, doch, der Sam hat schon Recht. Du weißt etwas."

Gitti atmete tief ein und blies die Luft hörbar aus. „Ich weiß nicht, ob ich es erzählen darf", flüsterte sie. „Oha, wie steht es in den Statuen der Saggenbande? Wenn einer etwas weiß, was für den Fall relevant ist, dann muss er es den anderen auch sagen!" Samuel drehte sich zu Enrico. „Hätte nie gedacht, dass uns dieser Blödsinn irgendwann einmal weiterhelfen wird." „Hätte nie gedacht, dass du dir das merken würdest", erwiderte Enrico. „Wir haben gar keinen Fall!", meinte Gitti. „Wenn wir einen Fall hätten, dann hätte ich es euch schon vorgestern erzählt. Aber so ist es womöglich nur Gerede. Kaffeeklatsch. Ich will keine Schnattergans sein." „Du hast mein Ehrenwort, dass ich nichts davon, was du jetzt sagst, gegenüber Julian erwähnen werde. Vielleicht weiß ich es eh schon."

Gitti gab sich geschlagen. „Während ihr im Park Fußball gespielt habt, da war ich ja mit den Damen oben. Zum Aufschneiden wegen der Pizza und so. Habe ich aber nicht gemacht. Julians Mutter hat mir seinen Nintendo DS und zwei Spiele gebracht. Ich saß im Wohnzimmer, die Frauen machten sich in der Küche zu schaffen. Sie tranken Sekt und plauderten miteinander. Da Julians Mutter beide Türen offen gelassen hatte, konnte ich jedes Wort verstehen. Allgemeines Blabla. Doch dann wurde es heiß. Anscheinend ist Julians Vater vor einiger Zeit ausgezogen. Er hat sehr viel Alkohol getrunken." Gitti beobachtete Enrico. Er war erstaunt. „Das habe ich nicht gewusst. Vielleicht hat Julian deshalb heute geheult." „Hatte er denn in letzter Zeit immer in den Pausen auf dem Klo geweint?", fragte Samuel. „Nein, nie. Sonst wäre es mir aufgefallen." „Dann fällt diese Theorie eh weg." Gitti schüttelte den Kopf. „Nicht so schnell, Samuel. Vielleicht sollte ich noch einmal das letzte Wort wiederholen. Ausgezogen. Es könnte doch sein, dass nun der Scheidungstermin feststeht. Nächsten Mittwoch, später Nachmittag. Vielleicht muss sich Julian entscheiden, ob er bei Mama oder Papa wohnen will. Und er hat Angst, sich falsch zu entscheiden." „Das klingt logisch", meinte Samuel. „Ja, wirklich. Das habe ich nicht gewusst." „Wieso hat er mir davon nie erzählt?" „Naja, würdest du es an die große Glocke hängen, wenn sich deine Eltern scheiden lassen?" „Aber meinen guten Freunden würde ich schon davon erzählen", wehrte sich Enrico. „Die Mutter hat gesagt, Julian verhalte sich seit dem Auszug seines Vaters sehr erwachsen. Keine Ahnung, was sie damit sagen wollte."

„Aber wieso zuckte Julian zusammen, sobald sein Rücken die Stuhllehne berührte?" „Es wäre doch möglich, dass Julian gestern bei seinem Vater war, und dieser ihm auf den Rücken geschlagen hat." „Wenn er das wirklich getan hat, dann finde ich ihn, glaubt mir das, dann werde ich es ihm heimzahlen!" „Beruhige dich, Enrico, es ist doch nur eine Möglichkeit!", sagte Samuel, dem Enricos entschlossener Blick nicht entgangen war. Nach einer kurzen Pause meinte Enrico: „Ich weiß nicht, wie es euch geht, aber ich werde Julian helfen. Er hat mich um Hilfe gebeten und die wird er bekommen!" „Ohne zu wissen, wie wir ihm helfen könnten, sage ich, wir sind dabei!" Samuel sagte nichts. Gitti hatte ohnehin schon für sie beide entschieden.

„Gut, dann gehen wir jetzt zu ihm, und sagen es ihm!" Enricos Tatendrang wurde prompt gebremst. „Nicht so schnell, ich muss leider in einer Viertelstunde wieder zuhause sein." „Dann mache ich es mit Sam." „Mit dir gehen die Pferde durch", begann Samuel. „Wo hast du diesen Scheiß schon wieder her?" Enricos schwarze Locken flogen durch die Luft, als er den Kopf schüttelte. Die Saggenbande diskutierte das weitere Vorgehen. Schließlich einigten sich die drei Kids darauf, erst am nächsten Tag zu Julian zu gehen und mit ihm zu reden. Gemeinsam. Enrico musste den anderen hoch und heilig versprechen, Julian in der Schule nicht zu verraten, dass sie

Bescheid wussten. Enrico schwor es seinen Freunden. Ihn wurmte innerlich, dass er sich noch gedulden musste, und nicht gleich loslegen konnte.

Besuch mit Überraschung

Am nächsten Tag änderte sich die Situation noch einmal. Enrico verließ das Haus schon zeitig. Er spekulierte darauf, Julian auf dem Schulweg zu treffen. Er wusste, dass sein Freund normalerweise einer der ersten in der Schule war. Allerdings trafen sie sich nicht. Dafür waren seine Mitschüler sehr erstaunt, Enrico bereits um diese Uhrzeit in der Klasse anzutreffen. „Willst du noch schnell abschreiben?", ulkte Rudi. Richard ergänzte fröhlich: „Wahrscheinlich musste er wieder verschwundene Frauen suchen, und konnte deshalb seine Hausübung nicht machen." Die beiden amüsierten sich blendend. „Ja, ja, lacht ihr nur", ärgerte sich Enrico. Seine Hoffnung, Julian zu treffen, um mit ihm zu reden, und das frühe Aufstehen wurden nicht belohnt. Die Gewissheit dafür traf mit der Schulglocke ein. Julians Platz blieb an diesem Tag leer. „Hoffentlich ist nichts Schlimmeres mit seinem Rücken", dachte sich Enrico.

Der Vormittag plätscherte vor sich hin. Nach der großen Pause trat Enrico zum Lehrerpult. „Frau Lehrerin, was hat denn Julian? Wissen Sie, wie es ihm geht?" „Nein, Enrico. Tut mir leid. Gestern hatte meine Kollegin Julian zum Schularzt begleitet, dann hatte ihn seine Mutter abgeholt. Mehr weiß ich auch nicht. Ich hoffe, es geht ihm gut." Die Lehrerin hatte ein sorgenvolles Gesicht. „Wieso? Was meinen sie?" „Ach nichts. Ist schon in Ordnung." „Ihr Gesichtsausdruck verdeutlicht etwas anderes, Frau Lehrerin. Machen Sie sich Sorgen?" „Sorgen nicht gerade. Es hat mich nur verwundert, als ich hörte, wie die Geschichte beim Schularzt weitergegangen ist. Stell dir vor, Julian wollte unter keinen Umständen Pullover und T-Shirt ausziehen." „Das ist eigenartig, ja." Enrico dachte über das Gehörte nach. „Weißt du was, Enrico? Du kannst ihm die Arbeitszettel vorbeibringen, wenn du willst. Dann kannst du mir morgen erzählen, wie es ihm geht." „Ja, mache ich!" Enrico war erleichtert. Jetzt hatte er einen Vorwand, um Julian zu besuchen.

Die Saggenbande traf sich um kurz nach drei Uhr. Wieder bei der Saggener Pfarrkirche. „Was hast du denn in der Hand?" Samuel beäugte die Klarsichthülle. „Für Julian. Unsere heutigen Arbeitsblätter." „Darf ich mal sehen?" „Sam, lass mich gehen." Gitti schüttelte den Kopf. „Manchmal glaube ich, Samuel, dein Ruf kommt nicht von ungefähr." „Welcher Ruf?" „Lassen wir das." Samuels Gedanken überschlugen sich.

Wenige Minuten später erreichten sie Julians Haus. Enrico drückte auf die Türklingel. „Hallo?" Die Stimme von Julians Mutter meldete sich keine zwei Sekunden später. „Hallo Frau Moser, hier ist Enrico. Ich bringe Julians Schulsachen." „Julians Schulsachen?" „Also die Arbeitsblätter von heute." „Ahso, komme kurz herauf." Gitti hatte eine Augenbraue nach oben gezogen. „Verstehst du diese Reaktion?", flüsterte sie zu Enrico. Enrico schüttelte den Kopf. „Eigenartig", flüsterte auch Samuel. Der Summerton ertönte und die drei stiegen die Treppen nach oben.

Die Türe war nur einen Spalt geöffnet, soweit die Sicherheitskette es erlaubte. Julians Mutter stand dahinter. „Also, gib die Sachen herein." Enrico tat, wie ihm geheißen. „Was hat Julian denn?", erkundigte sich Gitti. „Wieso, was soll er haben?" „Ja, weil er heute nicht in der Schule war", schaltete sich Enrico ein. „Er ist krank", sagte Frau Moser hastig. „Krank? Was hat er denn?" „Es geht ihm nicht gut. Er hat …", eine Pause entstand, „… erbrochen", fügte die Mutter hastig hinzu. „Dann

kommt er morgen sicher wieder in die Schule."
„Das glaube ich nicht." „Wieso denn nicht?",
fragte nun Samuel. „Vielleicht ist es eine Grippe.
Die Hausärztin war sich da nicht sicher." „Oje",
meinte Enrico bedauernd. „Kann ich kurz zu ihm?
Ich müsste ihm noch etwas ausrichten. Von
unserer Lehrerin." „Dann musst du es wohl mir
sagen", sagte die Mutter. „Julian schläft gerade. Er
braucht Ruhe. Nicht umsonst liegt er komplett im
Dunkeln. Also, was sagte die Lehrerin?" Enrico
kam dieses Gespräch immer eigenartiger vor.
„Warum will sie mich nicht zu Julian lassen?",
fragte er sich in Gedanken. „Die Lehrerin wünscht
ihm gute Besserung und hofft, dass er bald wieder
zum Unterricht kommen kann." „Das ist nett, bitte
richte ihr unsere Grüße aus." „Mache ich sehr
gerne, Frau Moser!"

Die Saggenbande verabschiedete sich und ging
hinunter. Sie setzten sich auf eine Bank im Park.
„Ihr habt wirklich eine sehr nette Lehrerin", sagte
Samuel. „Sam, du Schnell-Checker! Das war ein
Scherz! Die Lehrerin hat dies überhaupt nicht
gesagt." „Die Situation war wirklich sehr
eigenartig. Irgendetwas ist da faul. Das riecht
sogar ein Verschnupfter mit falscher Nase." „Was
ist denn das für ein Vergleich?" „Albert hier nicht
herum!" Gitti wirkte nachdenklich. „Lasst uns

lieber überlegen, warum die Mutter so ein Schauspiel aufgeführt hat!"

„Das war ein echtes Schmierentheater!" Samuel blickte nach oben. „Ich fasse es nicht", meinte Enrico. „Was denn?" „Deine Ausdrücke, Sam, und was diese Geschichte zu bedeuten hat." „Es muss einen guten Grund geben." Gitti versuchte, die Sache nüchtern zu betrachten. „Wenn sie uns nicht in die Wohnung lassen wollte, weil Julian schläft, hätte sie ja auch im Stiegenhaus mit uns sprechen können. Dann wäre überhaupt kein Verdacht aufgekommen. Warum hat sie durch die Kette mit uns geredet? Außerdem hatte sie am Anfang bei der Gegensprechanlage keinen blassen Dunst, wovon du redest. Dies war zumindest mein Eindruck." „Ja, Gitti, den Eindruck hatte ich auch", bestätigte Enrico. „Was ist mir dir Samuel?", wollte Gitti wissen. Doch ihr Mitschüler antwortete nicht. Erst ein kurzer Stoß in seine Rippen ließ ihn zusammenfahren. „Was ist los? Wo bist du mit deinen Gedanken?", fragte Gitti spitz. „Entschuldigung, was habt ihr gesagt?" Samuel wurde leicht rot und rieb sich mit der Hand die Stelle, an der Gitti ihn getroffen hatte. „Welchen Eindruck du gehabt hast, wollte ich wissen." „Was für einen Eindruck? Ich habe keine Ahnung, worum es geht." „Erde an Sam", begann

Enrico, „wir wollten wissen, ob du auch den Eindruck hattest, dass Frau Moser zuerst gar nicht wusste, um was es geht." „Ich verstehe nur Bahnhof. Was euch und euer Gerede betrifft. Dafür hat gerade ein anderer Geistesblitz bei mir Halt gemacht. Wenn ich die Wohnung von der Geburtstagsfeier her richtig im Kopf habe, dann gehen alle Fenster zu diesem Park hier heraus." Enrico nickte bestätigend. „Und fällt euch etwas auf?" Gitti und Enrico blickten nach oben. Beide sagten nichts. Schließlich ließ Samuel die Bombe platzen „Frau Moser hat doch gesagt, Julian liege im abgedunkelten Zimmer. Es sind aber alle Jalousien offen."

Die unschöne Wahrheit

„Sie hat uns angelogen!" Enrico war aufgesprungen. „Das glaube ich auch. Deshalb habe ich euch zuerst gar nicht zugehört." „Super, Sam, dass du da drauf gekommen bist." „Ich glaube, es ist an der Zeit, ein zweites Mal bei Frau Moser zu klingeln." „Und was willst du machen? Ihr einfach unter die Nase reiben, dass sie gelogen hat? Dann kommst du nicht einmal ins Haus." „Wir warten einfach, bis der nächste rauskommt oder hineingeht. Und schwuppdiwupp sind wir auch im Haus." Enrico konnte nicht glauben, dass

Gitti noch herumredete statt einfach hinzugehen. „Schwuppdiwupp ist die Sicherheitskette vorgelegt und dann heißt es für dich, du kommst da nicht rein." Wir brauchen eine gute Idee, damit zumindest einer von uns in die Wohnung gelangt." „Gitti, denkst du daran einzusteigen?" „Quatsch mit Soße!" „Nein, Sam, sie hat schon irgendwie recht. Lass uns einen Plan schmieden, damit Frau Moser nicht auskommt. Wir müssen endlich wissen, was da gespielt wird."

Zwanzig Minuten nach dieser Unterhaltung klingelte Enrico erneut bei der Familie Moser. Wieder war Julians Mutter keine zwei Sekunden später zu hören. Ein wenig Hoffnung schwang bei ihren Worten mit, als sie sich erkundigte, wer an der Türe sei. „Ich bin es noch einmal, der Enrico! Und die Freunde Samuel und Gitti." „Bitte, was kann ich für euch tun?" Die Enttäuschung war nicht zu überhören. „Ja, es ist so." Enrico versuchte verlegen zu klingen. „Da Julian krank ist, kann er morgen nicht in die Schule gehen. Gestern hat er mein Matheheft mitgenommen. Weil ich ein paar Aufgaben lösen konnte, die er nicht ganz verstanden hatte. Morgen haben wir wieder Mathe, da bräuchte ich dringend mein Heft." „Ahso, verstehe. Ja, kleinen Moment bitte."

Es schien eine Ewigkeit zu dauern, bis sich die Stimme erneut meldete. „Ich kann das Heft nicht finden. In der Schultasche und auf seinem Schreibtisch ist es nicht." „Schläft Julian immer noch? Fragen sie ihn doch einfach." Dieser Konter von Enrico hatte gesessen. Im Boxen würde man von einem klassischen KO sprechen. „Julian ist …", begann Frau Moser, dann hörten sie ein Schluchzen. Der Summerton ertönte und die Saggenbande eilte hinauf in den zweiten Stock. Dieses Mal stand die Türe offen. Julians Mutter stand mit aufgequollenen Augen in der Tür. Sie winkte die Kids herein. „Bitte, schau selber nach!", wies sie Enrico mit tränenerstickter Stimme an.

Enrico flitzte ins Zimmer. Samuel wollte nachgehen, doch Gitti hielt ihn zurück. Frau Moser starrte nur geradeaus. Tränen rannen ihr über die Wangen. Samuel brach das Schweigen. „Kann ich was für Sie tun?" Stummes Kopfschütteln kam als Antwort. So warteten alle auf Enricos Rückkehr. Es schien ewig zu dauern. Schließlich tauchte der schwarze Lockenkopf wieder im Gang auf. „Ich habe das Heft nicht gefunden. Tut mir leid." Er ging zurück zu seinen Freunden. „Aber ich habe noch eine Frage: Was wird hier gespielt? Wo ist Julian?" „Er ist", begann seine Mutter „krank", sagte sie. Das letzte Wort war nur noch ein zittriges Hauchen, bevor sie am Kasten entlang auf den Boden glitt. Den Kopf auf die Knie gestützt saß sie da. Ihr ganzer Körper zitterte. Samuel wollte gehen, ihm war die Situation sichtlich unangenehm. Doch Gitti und Enrico ignorierten sein Kopfnicken Richtung Tür.

Nachdem die Atemzüge wieder regelmäßiger geworden waren, wiederholte Enrico die Frage, die schon seit ihrem Eintreffen im Raum schwebte. „Wo ist Julian?" Ein kurzes Schulterzucken war die Antwort. „Frau Moser, vielleicht geht es mich und meine Freunde nichts an. Doch ich will jetzt von Ihnen wissen, was hier gespielt wird! Julian kommt nicht in die Schule. Sie behaupten, er sei krank. Dabei ist er gar nicht zuhause. Die Sache stinkt zum Himmel. Deshalb frage ich noch einmal: Was wird hier gespielt?" Frau Moser stand auf, ging zum Kühlschrank, nahm sich eine Flasche heraus und trank ein paar Schluck. Dann zog sie eine Schublade auf, nahm sich eine Packung Zigaretten heraus und zündete sich eine an. Sie blies den Rauch aus und blickte ihm nach, wie er Richtung Zimmerdecke stieg.

„Ich weiß es nicht", sagte sie. Dann packte sie ein weiterer, dieses Mal kurzer Heulkrampf. „Was wissen Sie nicht?", erkundigte sich Gitti. „Das ist die Antwort auf eure Fragen. Auf alle." Die Kids blickten verwirrt die Frau an. „Das verstehe ich jetzt nicht", meinte Enrico. „Ihr wolltet von mir wissen, wo Julian ist und was hier gespielt wird. Auf beide Fragen gibt es nur diese eine Antwort: Ich weiß es nicht." „Sie wissen nicht, wo Julian ist?" Samuel war verblüfft. „Aber er ist ihr Sohn." „Ja, das stimmt. Ich weiß es trotzdem nicht. Glaubst du, ich sitze zum Spaß den ganzen Tag hier herum und heule mir die Seele aus dem Leib?" „Was ist denn passiert?" Enricos Gedanken fuhren Achterbahn. Er wollte endlich Klarheit.

Frau Moser schien mit sich zu ringen. Schließlich begann sie zu erzählen. „Irgendetwas muss gestern Nachmittag passiert sein. Zuerst musste ich Julian von der Schule abholen. Er sei unglücklich in der großen Pause gestürzt, erklärte mir die Schulärztin. Julian hatte Schmerzen am Rücken, das sah man ihm deutlich an. Er weigerte sich jedoch partout, in die Klinik zu fahren. Die Schulärztin hat mir in einem kurzen Vieraugengespräch erzählt, dass Julian unter keinen Umständen den Pullover ausziehen wollte. Daheim legte er sich kurz ins Bett. Nach einer Weile behauptete Julian, es ginge ihm schon besser und er wolle unbedingt in den Park gehen. Zuerst wollte ich es ihm verbieten, aber schließlich stimmte ich zu. Nach ungefähr einer Stunde kam Julian herauf. Er verschwand sofort in seinem Zimmer. Ich hörte ihn weinen. Natürlich ging ich zu ihm, doch er wollte mir nichts sagen. Er meinte nur, alles komme schon wieder in Ordnung. Da er seine Ruhe wollte, ließ ich ihn alleine. Als ich nach etwa einer Stunde nach ihm sehen wollte, war sein Zimmer leer." Eine weitere Schleuse öffnete sich, die Tränen rannen Frau Moser die Wangen herunter. Zwei Taschentücher und eine Zigarette später reichte Gitti ihr ein Glas Wasser.

„Haben Sie nichts unternommen?" Enrico war fassungslos. „Sicher. Ich bin sofort in den Park gelaufen, habe ihn gesucht. Er war nicht da. Ich lief in den Hof. Ich rief laut seinen Namen und bekam Panik. Dann ging ich in die Wohnung zurück und seitdem hoffe ich auf seine Rückkehr." „Ist das alles?" Enrico platzte fast der Kragen seines karierten Hemds. Samuel legte ihm besänftigend die Hand auf den Unterarm. „Was denn noch?" „Frau Moser, bei allem Respekt, aber es hängt mir grad volle aus!" Enrico atmete tief durch. „Seit gestern ist Julian sonst wo, und Sie sitzen rum und hoffen, dass er zurückkommt!" Frau Moser antwortete mit Tränen. Dies hinderte Enrico nicht daran, nach einem Moment weiterzusprechen. Er klang nun deutlich sanfter.

„Sie können auch darauf vertrauen, dass er zurückkommt, denn ab sofort kümmert sich die Saggenbande darum!" „Ein Fall, juhu" frohlockte Samuel, wohl lauter, als er selbst wollte. Gitti zeigte ihm den Vogel. Enrico boxte ihm auf den Oberarm.

„Entschuldigen Sie, Frau Moser, dieses Benehmen ist wahrlich fehl am Platz." Gitti schickte der Bemerkung noch einen bösen Blick in Samuels Richtung hinterher. Dann wandte sie sich wieder an Julians Mutter: „Haben Sie die Polizei informiert?" „Ich, ähm, wollte es machen. Aber habe mich nicht getraut. Was wohl die Nachbarn sagen würden?" Frau Moser zündete sich eine weitere Zigarette an. „Wisst ihr, es ist so." Sie machte es sehr spannend. „Ich habe mich von meinem Mann getrennt. Erst vor kurzem. So, jetzt wisst ihr es. Erwin hatte ein Problem." Sie schniefte. „Vor zwei Monaten ist er ausgezogen. Wahrscheinlich ist Julian einfach zu ihm gelaufen." „Da haben Sie gar nicht nachgefragt?" An diesem Punkt war Gitti lauter geworden. „Ich kann nicht. Ich will keine Wunden aufreißen. Die Trennung war wirklich schwer genug. Für uns beide. Auch ein Grund, warum ich die Polizei nicht angerufen habe. Erwin macht eine schwere Phase durch. Und", sie zögerte „nur weil jemand für ein paar

Tage zu seinem Vater geht, jagt man ihm nicht gleich die Polizei hinterher. Außerdem, was soll die Polizei da schon machen? Ich zahle doch nicht dafür, dass sie ein paar Fingerabdrücke nimmt, und Julian bei seinem Vater herumsitzt. Das wäre vielleicht eine Blamage." „Wo wohnt ihr Mann? Wissen sie dies zumindest?" „Ja, er ist zu einem Freund" – bei diesem Wort machte sie zwei Gänsefüßchen in die Luft – „in der Gumpstraße gegangen. Neben dem chinesischen Lokal. Im Parterre." „Wissen Sie auch den Namen des Freundes?" Samuel wirkte irgendwie verärgert. „Gerhard Tanzl." Enrico stand abrupt auf. „So Freunde, wir gehen!"

Sie verließen die Küche. Julians Mutter folgte ihnen nicht. Die Jungs standen bereits im Stiegenhaus, als Gitti sich umdrehte und in die Küche zurückeilte. „Eine Frage noch, Frau Moser", hörten sie Gitti sagen, dann ging die Küchentüre zu. Nach zwei Minuten kehrte sie zu Enrico und Samuel zurück. Gitti zog die Wohnungstüre zu und schlenderte die Stiegen hinunter. Die Jungs eilten hinter ihr her. „Was hast du noch gefragt, Gitti?" Samuel brannte vor Neugierde. Er konzentrierte sich darauf, bei dem hohen Tempo keinen Fehltritt zu machen. Gitti steuerte den Park und die Bank an, auf der sie an diesem Tag schon einmal gesessen waren.

„Also Gitti, was hast du Julians Mama gefragt?" „Ich will es euch sagen. Wir hätten beinahe das Wichtigste vergessen." „Und das wäre?" „Ich habe gefragt, ob sie am Mittwoch am späten Nachmittag einen Termin mit ihrem Mann habe, oder sonst irgendeinen Fixpunkt." Enrico schlug sich mit der flachen Hand auf den Kopf. „Natürlich. Daran hatte ich gar nicht mehr gedacht. Mein Ärger war zu groß. Was hat sie geantwortet?" „Nichts. Sie fiel bei der Frage aus allen Wolken. Sie hätte nicht gewusst, dass Julian einen Termin habe, und sie selbst würde auch keinen haben. Schon gar nicht mit ihrem Mann." „Das klingt interessant. Aber Julian hat mich dezidiert nach Mittwoch, später Nachmittag gefragt. Ich schwöre es." „Vielleicht meinte er nicht diesen Mittwoch, sondern in einer Woche", wandte Samuel ein. „Oder einen Mittwoch im Oktober", schob Gitti hinterher. Sie prustete los. Enrico übernahm das Wort. „Nein, Sam, er meinte diesen Mittwoch. Da bin ich mir sicher. Sonst fragt man ja nach dem Mittwoch in einer Woche. Ich will euch ein anderes Detail nicht vorenthalten. Unser Plan ging auf. Vollkommen. Ich hatte Zeit, in Julians Zimmer eine kleine Runde zu drehen.

Dabei sind mir zwei Dinge aufgefallen: Erstens …"
Enrico verscheuchte eine Fliege, die gerade um
seinen Mund flog. Dann fuhr er fort. „Wo war
ich?" „Du wolltest uns sagen, was dir aufgefallen
ist." „Richtig. Erstens habe ich unter Julians Bett
unseren Ball gefunden, den wir ihm zum
Geburtstag geschenkt haben." Gitti schnaubte.
„Was ist daran so ungewöhnlich?" „Hör einfach zu
und chille deine Basis. Der Ort ist nicht besonders,
aber der Zustand. Denn ein Taschenmesser
steckte im Ball und die Luft war ausgelassen."
„Wieso denn das? So viel Geld und dann jagt
Julian einfach ein Messer in den Ball?" „Ich lege
meine Hand ins Feuer, Sam, dass Julian dies nicht
selbst getan hat. Julian hatte sich diesen Ball
gewünscht." „Wer dann?" „Woher soll ich das
wissen, Sam?" „Könnte dies der Auslöser für sein
Verschwinden sein?", fragte Gitti. „Durchaus
möglich", stimmte Enrico zu. „Aber es gibt noch
eine Sache, die mir aufgefallen ist. Dazu muss ich
weiter ausholen. In den Sommerferien war ich mit
Julian und seinen Eltern am Gardasee. Julian und
ich teilten uns für zwei Nächte ein Zelt. Zwei oder
drei Wochen später übernachtete Julian im
Gegenzug dann bei mir. In der ersten Nacht in
Italien fragte er mich plötzlich, ob ich schlafe. Ich
war noch wach. Julian gestand mir dann ein

Geheimnis. Er könne ohne seinen Plüschelefanten nicht einschlafen. Ich musste ihm hoch und heilig versprechen, ihn nicht zu verarschen. Danach holte er ihn aus dem Rucksack. Er hat ihn fast schon seit seiner Geburt. Auch als er bei mir schlief, hatte er diesen Elefanten dabei." „Warum erzählst du uns diese Geschichte?", erkundigte sich Gitti. „Der Elefant ist weg. Bei der Geburtstagsparty stand er auf seinem Nachtkästchen. Jetzt stand er dort nicht. Ich habe überall gesucht. Daher habe ich auch unter das Bett gesehen. Der Elefant ist weg. Und Julian ist weg. Das kann kein Zufall sein!"

Woanders

„Abend ist doch die herrlichste Zeit. Diese Ruhe." Die ältere Frau stand am offenen Küchenfenster und rauchte genüsslich eine Zigarette. Die Dunkelheit war an diesem Tag schleichend gekommen. Ein herrliches Schauspiel, welches sich dem Beobachter bot. Mit dem Untergang der Sonne verblasste das Tageslicht. Die Nacht zog über die Stadt herauf. Zuerst war es nur eine Vorahnung, dann wurde die Schwärze intensiver, bis es vollkommen dunkel war. Seit etwa zehn Minuten brannten die Straßenlaternen. Die Küche jedoch lag fast vollständig im Dunkeln. Kühle,

Dunkelheit und diese Ruhe. Für die Dame war die Nacht der Höhepunkt des Tages. Ein Zustand, der Tage, Wochen und Monate anhalten könnte.

Ein wenig Gezwitscher war noch zu hören. Die Vögel vermittelten das Gefühl, dass noch andere Lebewesen in der Nähe waren. Vielleicht genossen sie den Anbruch der Dunkelheit ebenfalls? Wobei man Vogelgezwitscher eher mit Frühling und Sommer in Verbindung brachte. Und diese Wörter lösten bei der Rentnerin andere Gefühle aus. Nämlich bittere Vorahnung und Befürchtungen.

Im Sommer war es sehr lange hell, was die Leute dazu verführte, länger draußen zu bleiben, lustige Grillabende mit Freunden zu veranstalten oder im Park ein paar Biere zu trinken. Der Gipfel der Unerträglichkeit war allerdings, dass im Sommer die Kinder frei hatten. Sommerferien. Die Person hasste diese Zeit. Ihr erschienen dann die Tage wie Wochen. Sie sehnte, meistens schon am Zeugnistag, den Schulanfang herbei.

Dann durften die Kinder ewig aufbleiben. Zumindest, so lange es hell war, würden dann wieder alle im Park spielen. Nur wenig Erholung boten dann die kurzen Nächte. Denn kaum waren die letzten Kinder in ihrer Wohnung verschwunden, ging die Sonne praktisch schon wieder auf. Die ersten Sonnenstrahlen belebten nicht nur die Natur und ihre Geister, sondern auch die Frühaufsteher unter der Kinderschar. Keine zehn Minuten später spielten diese gefühlt nach dem Hellwerden im Park. Ein Albtraum.

Der Person kam es so vor, als ob die Kinder, die für die Lärmbelästigung verantwortlich waren, nie in den Urlaub fahren würden. Wahrscheinlich dachten sich die Eltern, wenn sie schon eine Parkanlage zur Verfügung hatten, könnte man dem Nachwuchs das Meer, einen See oder sonstiges Ausland ersparen. Aber noch war Zeit. Und für die Dame blieb die Chance, dies für heuer zu stoppen. Ganz ohne die Mithilfe der anderen Mieter. Sie hatte einen Plan mit Erfolgsaussichten geschmiedet. Ein Lächeln trat in ihr Gesicht.

Völlig unvermittelt tauchten plötzlich Erinnerungen an früher auf. Daran als die Rentnerin selbst noch ein Schulkind war. Damals war die Zeit noch anders. In ihrer Kindheit waren die Kinder nicht so verweichlicht wie heute. Sie wurden nicht über alles emporgehoben. Kinder waren einfach Menschen mit weniger Lebensjahren. Nicht mehr und nicht weniger.

Die Frau erinnerte sich an ihre Sommerferien. Schon damals hatte sie diese Zeit gehasst. Wobei zur Schule war sie auch nicht gerne gegangen. Doch die Schule war einen Deut besser, als die Sommerferienzeit. Die anderen Ferien waren ganz okay. Am tollsten waren die Weihnachtsferien. Da duftete die ganze Wohnung nach Orangen, Zimt und Weihrauch. Der prächtige Weihnachtsbaum im Wohnzimmer erfüllte den Raum mit Tannenduft. Gemeinsam mit den Geschwistern wurden die Weihnachtsgeschenke und andere Spielsachen ausprobiert. Man konnte lange schlafen. Am Nachmittag gab es immer selbstgebackene Kekse. Und am Abend knisterte ein Feuer im Ofen, das Behaglichkeit und Wärme vermittelte. Alle kämpften darum, einen Platz an der Ofenbank zu ergattern. Die tollen Raketen beim Jahreswechsel. Das viele Geld, das man von den Onkeln und Tanten zugesteckt bekam, wenn diese für die Neujahrswünsche vorbei kamen. Die Eltern schenkten Schnaps für die Besucher aus, die Kinder steckten die Geldscheine ein. Am Ende der Ferien kamen die drei heiligen Könige vorbei. Ja, die Weihnachtsferien waren wirklich der absolute Höhepunkt im ganzen Jahr. Osterferien waren auch ganz okay. Da suchte man sein Osternest im Heu und auf der Wiese. Die

Semesterferien nahm man so mit. Die
Sommerferien allerdings waren der Tiefpunkt.

Da konnte von Freizeit keine Rede sein. Für
ausgedehnte Fußballspiele oder sonstige
Aktivitäten im Freien war schlicht und einfach
keine Zeit. Es galt, auf dem Feld mitzuhelfen. Vor
allem für die Jungs. Die Mädchen hatten hin und
wieder das Glück, bei der Mutter zuhause bleiben
zu dürfen. Obschon es im Grunde kein Glück war.
Denn dann musste man statt auf dem Feld im
Garten oder im Haus arbeiten. Die größte
Herausforderung war das Pflücken der Früchte.
Vor allem von Ribisel. Die roten, weißen und
schwarzen Früchte wurden im ersten Schritt von
den Sträuchern gepflückt. Da galt es, nicht nur der
Hitze zu trotzen, sondern auch den zahlreichen
Insekten, Ameisen, Mücken, Bremsen, Bienen,
Wespen, Hornissen und Hummeln auszuweichen.
Die zahlreichen Stiche juckten nach der Ernte über
mehrere Tage.

Ribisel waren nicht die einzigen Beeren im Garten.
Da gab es noch Himbeeren, Erdbeeren,
Stachelbeeren, Brombeeren und Heidelbeeren.
Die Mutter pflanzte auch jedes Jahr verschiedene
Kräuter an. Außerdem Salat, Gurken, Erbsen,
Bohnen, Tomaten, Kartoffeln und Paprika. Ergänzt

wurde das Gartenangebot von den vielen Bäumen. Wobei die Kirschen zu Sommeranfang reif waren. Die Äpfel, Birnen und Pflaumen gab es dann erst im Herbst. Marillen auch eher zu Sommerbeginn, Zwetschgen im Spätsommer. Und so weiter und so fort.

Das Pflücken war nicht die einzige Arbeit. Sobald die Früchte von den Bäumen und Sträuchern gepflückt waren, musste man diese in die Küche bringen. Dort wartete die Mutter bereits. Das Obst und Gemüse wurde gewaschen und weiterverarbeitet. Kuchen für die Feldarbeiter, Kompotte und Marmeladen für den Winter, sowie zahlreiche unterschiedliche Eintöpfe wurden zubereitet. Das oft stundenlange Umrühren und die damit verbundene Langeweile waren unbeschreiblich. Wenn allerdings die Mutter den Auftrag erteilt hatte, dass man dafür verantwortlich sei, dann musste man dies befolgen. Ansonsten drohten ein paar Hiebe auf den Hintern mit dem Kochlöffel. Somit bevorzugte man die Langeweile.

Das Klingeln des Telefons riss die Dame aus den Kindheitserinnerungen. Sie schüttelte sich. Wohl um die nervigen, alten Erinnerungen loszuwerden. Manchmal holten sie ihre Kindheitserinnerungen ein. Stets versuchte sie, diese so schnell wie möglich loszuwerden. Es waren dunkle Jahre in ihrem Leben. Aber so war es früher. Kinder waren zusätzliche Arbeitskräfte. Keiner achtete auf ihr Befinden. Ob sie lieber gespielt hätten, fragte niemand. Bei Fehlverhalten gab es ein paar „hinter die Löffel", wie es der Vater immer ausdrückte. Ja, ja, früher herrschte noch Zucht und Ordnung. Nicht so wie heute. Während die Frau eine Dose Bier aus dem Kühlschrank holte, lächelte sie. Sie würde dies auch wieder hinbekommen. Ein erster kleiner Schritt war bereits getan.

Das Klingeln des Telefons hörte kurz auf. Nach circa zehn Sekunden ertönte erneut die Melodie von Wolfgang Amadeus Mozart. Es war wie vereinbart. Beim ersten Mal lange läuten lassen, dann eine kurze Pause, bevor zum zweiten Mal angerufen wurde. Dann erst durfte sie abnehmen. Unbekannter Anrufer stand auf dem Display. „Hallo", ertönte ihre helle Stimme. Sie lauschte. Die Worte des Anrufers zauberten ihr ein Lächeln auf die Lippen. Der erste Teil des Planes war soeben erfolgreich beendet.

Besuch bei Julians Vater

Wo war Julian? Diese Frage beschäftigte Enrico die ganze Zeit. Er drehte sich in seinem Bett hin und her und fand keinen Schlaf. Womöglich war Julian alleine irgendwo da draußen. Gott sei Dank war morgen Freitag. Zeit für die Saggenbande, eine intensive Suche zu starten. Enrico hoffte inständig, dass es dann noch nicht zu spät war. Wer weiß, welchen Gefahren Julian ausgesetzt war? Düstere Bilder tauchten vor seinem inneren Auge auf.

Als seine Mutter Enrico in der Früh weckte, fühlte er sich, als hätte er kaum geschlafen. Die unheilvollen Gedanken begleiteten ihn auch den Schultag über. Enrico konnte nicht verstehen, warum sich niemand nach Julian erkundigte. Dabei war der Freund eigentlich fixer Teil der Klassengemeinschaft. Enrico gestand sich schließlich ein, einen gewissen Informationsvorsprung zu haben.

Nach dem Mittagessen und einer schnell erledigten Hausübung trafen sich die Kids vor dem Bankinstitut. Alle hatten ihr Rad dabei. Gitti trug einen rosafarbenen Fahrradhelm, Samuel hatte einen blauen auf dem Kopf. Einzig Enrico hatte seinen vergessen. „Meine Locken werden einen möglichen Sturz schon abfedern", versuchte er, die Situation mit einem Scherz zu retten. Die kleine Ironie ging nach hinten los. Samuel und Gitti hielten ihm einen zehnminütigen Vortrag zum Thema „Sicherheit für Radfahrer". „Habt ihr das eigentlich einstudiert?", erkundigte sich Enrico, nachdem sie geendet hatten.

Die Radfahrt bis zur Gumpstraße dauerte dann genauso lange wie der Vortrag. Enrico kam nicht umhin, den Freunden diese Tatsache beim Absteigen unter die Nase zu reiben. Samuel grinste, doch für Gitti schien dieses Thema noch lange nicht beendet zu sein. Daher schritt Enrico zielstrebig Richtung Haustüre. Enrico las sich die Namen durch. „Bei Tanzl musst du klingeln", half Samuel. „Ich weiß." Sie hatten kaum die Klingel gedrückt, als die Haustüre aufsprang. Die Wohnungstüre stand einen Spalt offen, doch niemand war zu sehen. „Hallo?", rief Gitti zaghaft in die Wohnung. Enrico gab deutlicher Zeichen. Er klopfte kräftig gegen die Wohnungstür. Ein blonder Mann tauchte im Flur auf. Er trug einen Drei-Tage-Bart und hatte gerötete Augen. „Ich wusste nicht, dass ihr es seid. Ich dachte, Erwin kommt mit dem neuen Biervorrat zurück. Was wollt ihr? Ich spende sicher nichts." „Das ist sehr bedauerlich", meinte Enrico. „Wir sammeln aber keine Spenden, sondern wollten mit Herrn Moser sprechen." „Wie gesagt, er ist nicht da, müsste gleich wieder kommen. Bier einkaufen beschäftigt einen normalerweise nicht so lange." Damit fiel die Türe ins Schloss. „Den mag ich nicht", sagte Samuel. „Lässt uns einfach hier stehen."

Es verstrichen nur ein paar Minuten, ehe die Haustüre ein zweites Mal aufging. Keine dreißig Sekunden später stand ein dunkelhaariger Mann vor ihnen. Enrico wollte zu sprechen beginnen, doch Gitti war etwas schneller. „Sind Sie Herr Moser?", erkundigte sich Gitti. „Ja, der bin ich. Warum fragt ihr?" Der Mann hatte schwarze Haare mit ein paar grauen Stellen an den Schläfen. Er trug eine Brille. Seine Kleidung bestand aus einem T-Shirt und einer kurzen Hose. An den Füßen trug er Flip-Flops und in der Hand einen Plastiksack von einem Einkaufsladen. Der Sack schien prall gefüllt zu sein. Als er bemerkte, dass die Kinder ihn musterten, lächelte er verlegen. „Zurzeit besteht mein Kleiderkasten aus einer kleinen Sporttasche. Da hatte nur das Notwendigste hineingepasst. Deswegen seid ihr allerdings sicher nicht gekommen. Warum wollt ihr zu mir?"

„Vielleicht gehen wir besser in die Wohnung. Es muss ja nicht jeder im Stiegenhaus mithören, was wir zu besprechen haben", schlug Enrico vor. Herr Moser zuckte mit den Schultern und stapfte vorweg in die Wohnung. Sein Wohnungskollege nahm ihm die Tüte ab. Im Flur roch es abgestanden. Und nach kaltem Zigarettenrauch, wie Samuel sofort bemerkte. Ein wenig Übelkeit kroch ihm die Speiseröhre herauf.

„Herr Moser, ich komme gleich zur Sache. Es pressiert nämlich. Ist Julian da?" Herr Moser zog die Stirn kraus. „Julian? Wieso sollte der hier sein?" Der Wohnungskollege kam mit einer Dose Bier in der Hand auf den Gang. „Julian, der kleine Racker! Nein, der ist nicht da." „Wann haben Sie ihn denn zum letzten Mal gesehen?" „Ich wüsste nicht, was dich das angeht!", sagte Tanzl. Enrico wollte zu einer Erwiderung ansetzen, doch Erwin Moser kam ihm zuvor. „Ist schon gut, Gerhard. Der junge Herr hat vermutlich einen guten Grund, so zu fragen." „Sehr richtig, Herr Moser. Das sind meine Freunde, Samuel und Gitti. Ich bin Enrico und gehe mit Julian in die Klasse." „Enrico, natürlich. Jetzt habe ich dich nicht gleich erkannt. Wir waren ja gemeinsam am Gardasee. Im letzten Sommer. Also, wieso fragst du?" Gitti dachte nach. Irgendetwas stimmte nicht mit dem Gehabe des Vaters. Er schien misstrauisch zu sein. Der weiß mehr, als er zugeben möchte.

„Julian ist verschwunden. Seit zwei Tagen. Er lief weg. Jetzt suchen wir ihn. Wir dachten, er sei zu Ihnen gekommen." „Julian ist also weggelaufen." Der Vater sprach mit ruhiger Stimme. Er schien nachzudenken. „Wieder eine eigenartige Reaktion", dachte sich Gitti. „Seit zwei Tagen. Also ist heute der dritte. Was hat Martha unternommen?" „Gar nichts." „Gar nichts? Sie hat nicht die Polizei angerufen? Das ist …" Weiter kam er nicht, Samuel platzte dazwischen. „Sie hat sich nicht getraut, wegen der ganzen Umstände." „Ich verstehe, ja." Gerhard Tanzl stand an den Türpfosten gelehnt und trank sein Bier. „Der taucht schon wieder auf", war sein einziger Kommentar. „Herr Moser, wir vertrödeln hier wertvolle Zeit. Wissen Sie, wo Julian steckt?" „Nein, woher sollte ich? Ich wünschte, ich könnte euch helfen." „Werden Sie jetzt die Polizei verständigen?", wollte Samuel wissen. „Ach was. Die Polizei. Die bringt doch sowieso nichts." Tanzl winkte ab. „Ich habe nicht Sie gefragt, Herr Tanzl, sondern Julians Vater. Schließlich geht es um seinen Sohn." „Ja, da hast du Recht. Ich denke, ich werde als erstes Martha anrufen. Dann sehe ich weiter." „Das verstehe, wer will. Es geht um Ihren Sohn. Und sowohl Sie, als auch Ihre Frau haben Angst, die Polizei anzurufen. Wenn Julian etwas zustößt, dann werdet ihr mich beide kennenlernen!" Enrico war laut geworden. „Willst du uns drohen, du Milchbubi?" Tanzl hatte sich aufgerichtet. „Wir gehen jetzt!" Samuel versuchte, Enrico aus der Türe zu bugsieren. Enrico fixierte Tanzl mit den Augen. Seine Worte waren an Herrn Moser gerichtet. „Hören Sie auf, so feige zu sein, und beginnen Sie endlich zu handeln! Ihr Sohn ist verschwunden! Wir kommen wieder vorbei, sobald wir etwas Neues wissen." „Hau schon ab!", fauchte Tanzl. „Du musst gar nicht mehr kommen." Im nächsten Moment flog die Türe ins Schloss. Enrico stand wie angewurzelt da. Erst, als Gitti ihm sanft die Hand auf seine Schultern legte, drehte Enrico sich um.

Vor der Haustüre blieben die Kids noch einmal stehen. Sie umrundeten einmal den Block in der Hoffnung, dass ein Fenster offenstehen würde. Doch diese Mühe war vergebens. So bestieg die Saggenbande ihre Fahrräder und trat den Rückweg an. Nachdem sie den Fluss Sill überquert hatten, bogen sie gleich ein, um beim Supermarkt Eis zu kaufen. Dieses schleckten sie dann in der Tiefgarage an ihre Räder gelehnt. Zugleich nutzten sie die Gelegenheit, um sich zu besprechen.

„Die Suche wird immer komplizierter", meinte Samuel. „Der Vater war mir nicht ganz geheuer. Irgendetwas weiß er. Zumindest finde ich sein Verhalten äußerst fragwürdig." Enrico nickte. „Ich stimme dir zu. Außerdem verstehe ich nicht ganz, warum keiner die Polizei informieren will." „Du hast dich übrigens tapfer geschlagen." „Danke, Gitti. Ich weiß nicht, warum der Tanzl auf einmal so aggro geworden ist." „Ich weiß es auch nicht. Das ganze Unternehmen war ein Reinfall." „Gitti, es war einen Versuch wert." Enrico widmete sich wieder seinem Eis. „Ob er es schon gewusst hatte?" Gitti stellte die Frage in den Raum. Beide Jungs unterbrachen ihren Eiskonsum. „Könnte möglich sein", räumte Enrico schließlich ein. „Seine Reaktion war, wie ich schon gesagt habe, komisch." „Vielleicht haben Moser und Tanzl sogar etwas mit dem Verschwinden zu tun", schlug Samuel vor. „Dem Tanzl traue ich alles zu. Dass Moser seinen eigenen Sohn entführt, glaube ich nicht." „Wie geht es nun weiter?", schob Samuel nach.

„Schwierige Frage", kommentierte Gitti. „Wir haben nichts." „Außer natürlich einen verlorenen Jungen, keine besorgten Eltern, die sich vor Kurzem getrennt haben", warf Samuel ein. „Genau. Hättest du mich ausreden lassen, hätte ich gesagt, wir haben nichts, keine Spur, der wir konkret nachgehen können." „Sollen wir Vater und Mutter Moser überwachen?", schlug Samuel vor. Er drehte sich zu Enrico. „Was meinst du, Enrico?"

Enrico hatte die Unterhaltung nur am Rande verfolgt. Er hatte grade eine Beobachtung gemacht. Aus dem Geschäft waren mehrere Leute gekommen. Zwei davon hatte Enrico gekannt. Der eine war ein Bekannter seines Vaters. Der zweite Bekannte war Siegfried Jaluzek. Der ehemalige Universitätsprofessor hatte sein kariertes Sakko an. Er war für seine Verhältnisse rasch in Richtung der Viaduktbögen verschwunden. Doch etwas hatte Enrico bei der Beobachtung gestört. Ein Detail passte nicht ins Bild. Etwas war Enrico sonderbar erschienen. Er konnte nicht sagen, was es war. Angestrengt dachte er nach. Die Lösung schien zum Greifen nahe, als Samuel ihn ansprach. Damit war der Gedanke wieder verschwunden, bevor er aufgetaucht war.

„Wie? Was?" „Wo bist du denn gerade gewesen?" „Bei einer Beobachtung kam mir etwas sonderbar vor. Doch ich weiß nicht, was es war." „Willst du uns nicht verraten, was deine Augen so Wichtiges gesehen haben? Vielleicht kommen wir gemeinsam auf die Ungereimtheit." „Sam, du laberst daher, unglaublich. Nein, ist schon gut. Was wolltest du, oder wolltet ihr wissen?" „Wie wir weiterhin vorgehen. Das war die Frage." „Samuel schlug vor, dass wir Vater und Mutter Moser im Auge behalten sollten." „Der Meinung bin ich nicht. Dort ist Julian nicht. Sollte er da oder dort auftauchen, bekommen wir es sicherlich mit." „Was sollen wir deiner Meinung nach machen?" „Ich finde, wir sollten weiterhin Julian suchen." „Enrico, hast du eine Ahnung, wo wir suchen könnten?", grinste Gitti.

„Nein, habe ich nicht. Es ist lediglich eine Idee. Im Sommer, als wir gemeinsam gezeltet hatten, erzählte mir Julian von zwei Geheimplätzen, die er einmal gefunden hatte. Der erste ist eine kleine Höhle in der Sillschlucht. Julian hatte mir erzählt, dass er dort hin und wieder hinfuhr, wenn er alleine sein wollte." „Aber in einer Höhle, um diese Jahreszeit? Die Nächte sind noch kühl. Außerdem, was soll er denn in der Höhle essen?" „Guter Einwand. Der kann aber nur von einem Mädchen kommen. Wenn Jungs wirklich etwas wollen, dann trotzen sie der Kälte und anderen Problemen." „Vor allem du, Samuel. Beinhart ist ja dein zweiter Vorname. Du würdest wahrscheinlich nackt in der Höhle übernachten", konterte Gitti.

Samuel wurde rot. „Weißt du, wo die Höhle ist?"
„Ich denke, ich finde wieder hin. Julian hat sie mir
nämlich gezeigt. Er hatte tatsächlich ein paar
Decken und ein wenig Spielkram dorthin gebracht.
Es dürfte aber wirklich noch zu kalt sein. Deshalb
würde ich zuerst an seinem zweiten Geheimplatz
schauen." „Wo ist der? Mach´s nicht so
spannend." „Der ist wirklich genial. Julian hat bei
einem Streifzug durch den Wald der Hungerburg
eine kleine Hütte entdeckt."

Enrico erzählte die Geschichte, die ihm damals
sein Freund am Gardasee erzählt hatte. Er
versuchte, kein Detail auszulassen. Da die Familie
befreundete Bekannte aus Niederösterreich zu
Besuch hatte, wurde beschlossen, einen
Spaziergang auf die Hungerburg zu unternehmen,
und den Ausflug oben angekommen mit einem
Mittagessen zu verbinden. Das „normale"
Hinaufgehen war für Julian und seinen Freund Leo
zu langweilig. Sie liefen in den Wald und wieder
auf den Weg. Mal spielten sie Räuber und
Gendarm, Mal mimten sie Abenteurer, die einen
neuen Wald erforschten. Sie jagten sich immer
tiefer in den Wald hinein. Solange sie bergauf
gingen, konnten sie ihr Ziel nur schwer verfehlen.
Plötzlich tauchte vor ihnen eine kleine Hütte auf.
Ein Waldhäusl. Sie liefen einfach daran vorbei.

Erst beim Mittagessen tauchten bei Julian und Leo erste Fragen auf. Warum stand da mitten im Wald eine Hütte? Und wem gehörte sie? Die fehlenden Antworten weckten die Neugierde und den Abenteuergeist. Die Freunde machten sich beim Abstieg auf die Suche nach dem Häusl. Mehrmals kehrten sie um und liefen ein Wegstück zurück. Sie fanden es nicht mehr. Leo reiste am nächsten Tag ab. Für ihn war das Thema erledigt. Julian hingegen wurmte die Geschichte noch Tage später. Er machte sich auf die Suche nach ihrer Entdeckung. Nach zwei oder drei vergeblichen Versuchen fand er das Häusl wieder.

Julian umrundete die Hütte mehrmals. Er blickte durch das Fenster, konnte aber nichts erkennen. Schließlich legte sich Julian auf die Lauer. Doch niemand schien in dem Haus zu sein. Er nahm all seinen Mut zusammen und schritt auf die Türe zu. Zögerlich drückte er die Klinke, sofort sprang die Türe auf. Julian rief ein leises „Hallo?" oder „Ist da jemand?" hinein. Es kam logischerweise keine Antwort. Die Hütte hatte alles. Einen Holztisch, zwei Stühle, einen kleinen Kühlschrank, einen Ofen mit einer Möglichkeit zu kochen. Zwei Pfannen hingen an der Türe. Ein paar Holzscheite waren neben dem Ofen gestapelt. Auf der linken

Seite des Ofens war eine kleine Bank, auf der ein Jugendlicher locker Platz zum Schlafen hätte.

Als Enrico mit seiner Erzählung geendet hatte, herrschte Stille. Gitti brach sie als Erste. „Jungs, bleibt bitte realistisch. Und benutzt zumindest einmal euer Gehirn. Die Geschichten sind zwar beide sehr nett. Höhle und Hütte mitten im Wald. Aber wie alt ist Julian?" Samuel setzte zu einer Antwort an, doch Gitti sprach weiter. „Um diese Jahreszeit als Kind alleine in der Sillschlucht in einer Höhle? Selbst wenn er schon früher ein paar Decken dort hingeschleppt und Spielsachen gelagert hatte, wie soll das funktionieren? Es ist kalt in manchen Nächten. Da reichen ein paar Decken nicht. Und was soll er essen? Seine Spielsachen? Ich bitte euch. Wenn Julian in einer Höhle liegt, dann ist er mit Sicherheit bereits erfroren. Die Suche können wir uns sparen." „Vielleicht hat er sein Sparschwein geschlachtet und kauft sich nun regelmäßig was zu essen", erwiderte Samuel. „Echt jetzt?" Gitti hatte eine Augenbraue nach oben gezogen und sah Samuel an. „Schau mich nicht so an! Ich bin eh deiner Meinung, dass die Höhle ausgeschlossen ist", winkte Samuel ab. Er war zudem erleichtert, nicht in die Sillschlucht gehen zu müssen. Um diese Gegend rankten sich so viele angsteinflößende

Geschichten, dass Samuel lieber fernblieb. Allerdings bedeutete die Alternative Hungerburg einen längeren Weg bergauf.

„Nun zur Hütte. Es kann sein, dass Julian eine Hütte gefunden hat, die ihm alles bietet. Schlafplatz und Wärme. Doch wer soll für ihn kochen? Und was? Pilze, Gräser und Beeren findet er um diese Jahreszeit nicht. Man darf auch nicht außer Acht lassen, dass der Besitzer möglicherweise selbst am Wochenende oder eine Nacht oder einen Tag in seine kleine Hütte ziehen möchte. Ich glaube nicht, dass er dann einfach sagt: ‚Oh, hallo Julian, kein Problem, dass du schon da bist und meine Sachen aufgebraucht hast. Fühle dich einfach wie zuhause. Einzig die heutige Nacht oder das Wochenende müssen wir gemeinsam verbringen, dann bin ich weg‘ Also ebenfalls unrealistisch."

Enrico hatte bis jetzt nichts gesagt. Er hatte auch gewartet, bis Gitti ausgesprochen hatte. „Okay, du findest beides nicht realistisch. Deine Argumente sind auch schlüssig! Aber" – Enrico hob an dieser Stelle seinen Zeigefinger in die Höhe – „mein Freund ist da irgendwo draußen. Alleine. Ich weiß nicht, wo oder warum. Ich weiß nur, dass seine Oldies den Arsch nicht hochkriegen, um etwas zu machen. Daher müssen wir es tun." „Also was schlägst du vor?" Enricos Augen funkelten. Gitti schnaufte tief durch. „Enrico!" Sie legte ihm beschwichtigend die Hand auf den Oberarm. „Ich weiß, die Sache geht dir sehr nahe. Ich will Julian auch finden. Ich will vor allem wissen, was faul an der Sache ist. Ich meine doch nur, dass wir nicht überall suchen können. Ich muss auch irgendwann zuhause sein. Also, ich würde vorschlagen, wir nehmen uns heute ein Ziel vor, morgen das andere. Wobei ich eben glaube, dass Julian weder da noch dort ist."

„Also gehen beziehungsweise radeln wir auf die Hungerburg?" „Sicher." Samuel hatte dem Dialog gefolgt. Diese Aussichten erfreuten ihn überhaupt nicht. Auf die Hungerburg radeln und durch das Gelände pirschen, morgen in der Sillschlucht die Höhle suchen, standen auf seiner Wunschliste ganz weit unten. Allerdings fragte ihn keiner. Enrico und Gitti radelten los, bevor er noch etwas einwenden konnte.

Zwei Stunden später beendete die Saggenbande ihre Suche nach der Hütte. Enrico war sich zwar mehrmals sicher, auf dem richtigen Weg zu sein, doch das Waldhaus tauchte nie auf. Zunächst hatten Gitti und Enrico ein Tempo vorgelegt, dass

Samuel teilweise Probleme hatte, ihnen zu folgen. Die beiden waren den Heinrich-Süß-Weg hinaufgeradelt, als ginge es um den ersten Platz bei einem Radrennen. Samuel musste mehrmals auf die Räder aufpassen, wenn Gitti und Enrico ins Gelände gingen. Sie kehrten stets mit schlechten Nachrichten zurück. Als Gitti verkündete, sie müsse nun nach Hause, brachen sie die Suche ab. Enrico war sein Ärger, die Hütte nicht gefunden zu haben, deutlich ins Gesicht geschrieben. Samuel, Enrico und Gitti vereinbarten, sich am nächsten Tag zeitig in der Früh zu treffen, um die Suche wieder aufzunehmen.

Die richtige Spur

Enrico hatte den ganzen Abend schlechte Laune. Sie waren keinen Schritt weitergekommen. Julian war nach wie vor verschwunden. Lustlos stocherte er in seinem Thunfischsalat herum. Seine Mutter ermahnte ihn mehrmals, ehe sie ihm den Teller wegnahm. „Wer nicht weiß, wie er sich benehmen soll, der bekommt auch nichts zu essen." Wortlos stand Enrico auf und ging in sein Zimmer. Er warf sich auf sein Bett, verschränkte die Hände hinter seinem Kopf und starrte auf die Decke. Völlig in Gedanken tauchten einzelne Bilder des Tages vor seinem inneren Auge auf. Der Besuch bei Julians

Vater, das Eis, die Diskussion darüber, wie es weitergehen sollte und die vergebliche Suche nach der Hütte im Wald.

Enricos Magen knurrte. Sein Hunger war groß. Er beschloss, nochmals in die Küche zu gehen, um sich ein bisschen Thunfischsalat zu holen, den er in seinem Zimmer essen wollte. Seine Mutter hatte bereits abgewaschen. Die Teller standen im Geschirrspüler, die Schüssel auf einem Handtuch neben der Spüle. Enrico öffnete den Kühlschrank. Es war ihm zu mühsam, die Frischhaltebox herauszunehmen und sich auf einen Teller zu schöpfen. Enrico öffnete die Schublade mit den Knabbereien – und hatte Glück. Er nahm sich die bereits geöffnete Chips-Packung und kehrte in sein Zimmer zurück. Enrico legte sich wieder aufs Bett und griff in die Packung.

Nun war es ein wenig wie im Kino. Chips essen und auf der weißen Wand Bilder sehen. Enrico kaute und dachte nach. Plötzlich schnellte er hoch. Ihm war soeben wieder etwas eingefallen. Ein Detail war in seine Erinnerung zurückgekehrt. Und sie war lebendig. Schon am Nachmittag hatte es ihn stutzig gemacht. Auf einmal ergab Manches einen Sinn. Er ärgerte sich, dass ihm dies nicht schon viel früher eingefallen war. Die Lösung war ihm tatsächlich vor Augen geführt worden, nur war der Groschen nicht gefallen. Sie hätten sich Einiges ersparen können, wenn Enrico schon am Nachmittag eins und eins zusammengezählt hätte. „Das ist ja wirklich die Höhe!" Völlig in seiner Gedankenwelt und seinem Ärger versunken, hatte Enrico seine Mutter gar nicht hereinkommen gehört. „Zuerst willst du nichts essen, dann stopfst du Chips in dich hinein. Und zur absoluten Krönung auf deinem Bett. Räume die Packung zurück, wo du sie her hast, und iss entweder etwas Vernünftiges oder lass es!" Bevor Enrico protestieren konnte, war die Zimmertüre wieder zu und seine Mutter weg. Er knüllte die Packung zusammen. Sie hatte ihren Dienst erfüllt und er machte sich auf den Weg in die Küche.

Am nächsten Tag traf Enrico als Letzter beim vereinbarten Treffpunkt ein. Gitti hatte sich sportlich angezogen und ihr schwarzes Haar zu einem Zopf geflochten. Samuel wirkte ein bisschen nervös. Enrico begrüßte seine Freunde. „Führen wir die Suche fort!" Gitti schien motiviert. „Vielleicht sollten wir doch noch einmal die Waldhütte suchen. Eine Höhle ist sehr unwahrscheinlich. Da vertun wir nur unsere Zeit." Enrico lächelte. „Sam, fürchtest du dich etwa, in die Sillschlucht zu fahren?" Samuel schluckte. Ehe er noch etwas sagen konnte, klopfte ihm der Freund auf die Schulter. „Schon gut, Sam. Sag doch einfach, dass du Muffensausen hast. Ist kein Problem. Die Sachen für die Kerle mache ich mit Gitti. Du kommst dann hinzu, wenn Schminktipps notwendig sind." „Das ist nicht fair." Samuel errötete. Wut und Scham trugen jeweils ihren Teil zur Gesichtsrötung bei. Enrico lachte. „Lass dich nicht aufziehen! Aber sag, wenn du Angst hast. Ist kein Problem. Außer du laberst so drum herum."

Enrico machte eine Pause. „Wir werden unsere Suche fortsetzen. Heute. Allerdings fahren wir weder auf die Hungerburg noch in die Sillschlucht. Während ihr beide vermutlich gestern euren Schönheitsschlaf genossen habt, ist mir eine Erleuchtung gekommen." „Ich verstehe nur ‚chewing gum'. Lässt du uns vielleicht an deiner Erleuchtung teilhaben oder müssen wir dir alles aus der Nase ziehen?" Gitti ging es deutlich zu langsam. „Wir werden heute mit unserem Rad den Saggen abfahren. Hier werden wir Julian finden. Glaube ich. Oder zumindest auf seine Spur kommen." „Er ist noch im Saggen?" Samuel wirkte erstaunt. „Wie kommst du darauf?" „Wir suchen nicht Julian, sondern wir suchen Siegfried Jaluzek." Samuel stöhnte auf. „Wen? Und warum?" Gitti waren die Fragezeichen deutlich anzusehen. „Das ist ein Obdachloser. Enrico hat ihn mir vor Kurzem vorgestellt. Er kennt ihn, wegen …" Samuel verstummte. Seine Augen wurden weit. Enrico schmunzelte. „Genau. Julian hat ihn mir vorgestellt. Sie verstehen sich ganz gut. Das ist aber nicht der Punkt. Gestern, während wir Eis geschleckt haben in der Garage beim Supermarkt, sah ich Siegfried aus dem Geschäft kommen. Er hatte eine Packung Chips, eine Flasche Sprite und zwei Dosen Fisch bei sich. Schon gestern wunderte ich mich, es fiel mir aber erst heute Nacht ein."

„Ihr glaubt, dieser Siegfried Jaluzek weiß etwas? Wie sieht er denn aus? Und wo finden wir ihn?" Gitti sah Enrico an. Enrico beschrieb den Obdachlosen. Sein kariertes Sakko und die weißen langen Haare. Dazu die blauen Augen und das stets gerötete Gesicht. Außerdem trug er meist braune Schuhe. Gitti prägte sich alles genau ein. Diesen Mann würde sie nicht übersehen.

Sie radelten los. Zunächst vorbei an dem Obdachlosenhaus und dem Haydnplatz. Sie radelten durch die Kaiser-Franz-Josef-Straße. Im kleinen Mittelstreifen, der wie eine Allee angelegt war, saßen auch an diesem Tag mehrere Obdachlose. Die Saggenbande erkundigte sich, ob einer von ihnen wüsste, wo Jaluzek sei, doch sie bekam nur Kopfschütteln als Antwort. So fuhren Enrico, Samuel und Gitti durch die Falkstraße. Sie hielten kurz bei der Bundesbahndirektion, wo Enrico und Samuel Jaluzek vor dem Fußballtraining getroffen hatten. Nirgends war eine Spur von ihm.

So ging die Fahrt weiter zu den beiden Supermärkten in der Erzherzog-Eugen-Straße. Auch hier sahen sie ihn nicht. Als Nächstes versuchten sie ihr Glück im Verdroßpark – und wurden fündig. Ganz am Ende des Parks, kaum sichtbar hinter einem großen Busch, erspähte Samuel das karierte Sakko. Die Saggenbande näherte sich langsam. Siegfried Jaluzek rauchte gerade eine Zigarette. So, wie es neben seinen Schuhen am Boden aussah, nicht die Erste. Neben sich hatte er eine geöffnete Bierdose stehen. Als er Enrico und Samuel erkannte, huschte ein Lächeln über sein Gesicht.

„Ah, der Herr Enrico. Und sein Freund Samuel. Na, heute wieder im Stress?" „Hallo Siegfried! Samuel kennst du ja schon. Nein, heute hat er keinen Stress. Darf ich dir noch unsere Freundin Gitti vorstellen?" Enrico deutete auf das Mädchen. „Ah, der schönste Anblick von allen. Da geht wirklich die Sonne auf, liebe Gitti. Jungs, ihr könnt stolz sein, so eine nette Begleiterin zu haben. Ich bin der Siegfried." „Hallo!", sagte Gitti, blieb aber auf ihrem Fleck stehen. Der Mann war ihr sympathisch, die Hand wollte sie ihm allerdings nicht geben. „Also, was kann ich für euch tun?"

Samuel und Gitti blickten zu Enrico. Dieser dachte kurz nach. „Wie ich sehe, trinkst du heute ein Bier." „Ja, ja, ich weiß, es ist noch früh am Tag. Aber Bier schmeckt mir so gut. Ich trinke es sehr gerne. Und wahrscheinlich zu viel davon." „Das meine ich nicht. Mich würde nur interessieren, ob du das Sprite schon ausgetrunken hast?" Die Saggenbande blickte auf Jaluzek, der nicht ganz zu verstehen schien. „Du musst mir ein bisschen auf die Sprünge helfen. Ich trinke eigentlich nie Sprite." „Gestern haben wir dich gesehen. Wie du eingekauft hast. Du hast eine Tüte Chips, ein Sprite und Fischdosen in der Hand gehabt. Na, klingelt es bei dir?" „Du bist vorlaut, Enrico. Ja, kann sein, dass ich das gestern gekauft habe. Ich weiß es nicht mehr."

Enrico riss der Geduldsfaden. „Siegfried, es ist wirklich nicht die Zeit für alberne Spiele. Julian ist verschwunden. Er ist von zuhause abgehauen. Und wir suchen ihn. Weil wir wirklich nicht wissen, warum, weshalb und wieso. Daher stelle ich dir nun ganz direkt die Frage: Wo ist er?" „Julian ist von zuhause weggelaufen?", wiederholte Jaluzek. Es entstand eine Pause. Schließlich atmete der Obdachlose tief durch. „Ihr macht euch wirklich Sorgen?" Gitti und Enrico nickten. „Ich weiß auch nicht, wo er ist. Das Wetter ist heute wirklich schön. Da könnte man einen Ausflug machen. Sich sportlich betätigen. Die Forstmeile oben auf der Hungerburg wäre sicher ideal. Da könnte man Kraftübungen mit einem Dauerlauf kombinieren." „Ja, das könnte man machen", murmelte Enrico. „Bei Bewegung an der frischen Luft bekommt man manchmal auch Antworten auf Fragen, die einen beschäftigen." Er zog sich eine weitere Zigarette aus seiner Packung und zündete sie an. „Ich hoffe, wir sehen uns später. Meine Herren, meine Dame, ich muss nun über ein mathematisches Problem nachdenken." Jaluzek zwinkerte mit dem rechten Auge. „Ja, danke, Siegfried. Viel Spaß!", sagte Enrico und trat in die Pedale. Bis Gitti und Samuel sich verabschiedet hatten, war Enrico bereits beim Parkausgang angelangt.

Gitti und Samuel traten in die Pedale. Nur mit knapper Not holten sie den Freund in der Schumannstraße ein. „Was ist los mit dir? Bist du vom Affen gebissen? Warum radelst du so

davon?" „Sam, du hast es nicht gecheckt, oder?"
„Nein, was denn?" „Wir wissen nun, wo Julian ist.
Ich will ihn dort nicht versäumen." „Verstehst du,
was er meint, Gitti?" Gitti war damit beschäftigt,
ihre Atmung unter Kontrolle zu bringen.
„Natürlich. Julian ist bei der Forstmeile. Also noch
deutlicher konnte uns Siegfried dies nicht
erklären. Es heißt aber nicht, dass du lossprinten
musst, ohne Rücksicht auf Verluste.
Beziehungsweise ohne Rücksicht auf uns", sagte
sie tadelnd in Enricos Richtung. „Auf der
Forstmeile? Wann hat Siegfried davon
gesprochen?" „Vertrau uns einfach, Sam. Und
jetzt los, wir haben keine Zeit zu verlieren."

Samuel graute vor der Auffahrt auf die
Hungerburg. Er hatte nicht damit gerechnet, dass
er heute noch einmal steil bergauffahren müsste.
Es dauerte nicht lange, bis er einen kleinen
Abstand entstehen lassen musste. Er blieb noch
einmal kurz stehen und versuchte, seinen Puls zu
kontrollieren, ehe er in seinem Tempo weiterfuhr.
Dieses änderte er auch nicht, als Enrico und Gitti
bei einer Kehre warteten. „Komm, Sam, schwing
die Hufe", feuerte Enrico ihn immer wieder an.
Bergauf war nicht Samuels Lieblingsteil. Dies war
schon als Kleinkind so.

Auf der Hungerburg ketteten sie ihre Fahrräder an eine Straßenlaterne. In der Nähe des Hauses der freiwilligen Feuerwehr schlugen sie den Waldweg ein, der sie schon nach wenigen Metern auf die Forstmeile führte. Es dauerte nicht lange, bis sie zu einer Station kamen. Sie bestand aus einem Eisengestell. Gelbe Stangen, die senkrecht in Richtung Himmel standen und dazwischen waagrechte silberne Stangen, in unterschiedlichen Höhen. Samuel lehnte sich dagegen. Er wollte kurz durchschnaufen. „Los, Sam, weiter, Klimmzüge kannst du später noch machen!" Enrico trieb sie voran.

Samuel fiel ein Bild ein. Eine Rennbahn in der Antike. Einige Wagen kamen um die Kurve und auf ihn zu. In Führung lag ein Wagen, auf dem Enrico stand. Seine schwarzen Locken waren deutlich zu sehen. Als Enricos Wagen näher kam, erkannte er, dass dort keine Pferde vorgespannt waren, sondern er und Gitti. „Vorwärts, ihr beiden!", schrie Enrico in seinem kurzen Tagtraum immer wieder.

Die Saggenbande erreichte die zweite Station. Eine Treppe aus drei Holzpflöcken, die immer größer wurden, führte zu einem Eisengestell mit Ringen. Die Ringe hatten rote Plastikgriffe und hingen immer höher als die jeweils vorherige. Laut Tafel sollte der Benutzer sich an den insgesamt zwölf Ringen nach oben hanteln. Enrico ließ die Station links liegen und folgte dem Weg in Richtung nächstem Halt.

Bei der dritten Station waren drei längliche Baumstämme ausgelegt. Die Benutzer sollten von der rechten auf die linke Seite springen und wieder zurück. Bei allen drei Stämmen. Wem dies zu anstrengend war, der konnte die Hände aufstützen, während seine Beine diagonal von einer Seite auf die andere wechselten. Enrico sprang auf einen der drei Stämme und versuchte, im Laufschritt darüber zu balancieren. Beim zweiten Schritt musste er zurück zum Boden springen.

„Ich habe Seitenstechen", keuchte Gitti, der ein, zwei Strähnen ihres Haars auf der Stirn klebten. Samuel hatte keine Luft zu antworten. Ihm tropfte der Schweiß von der Nasenspitze. „Bei der nächsten Station werde ich Rast machen! Ich schaffe keine weitere in diesem Tempo." Kurz vor der vierten Station blieb Enrico abrupt stehen. Gitti bremste ebenfalls ab. Samuel hatte seinen Blick gesenkt, um nicht auf eine Wurzel zu steigen. Er knallte gegen Enrico. Er taumelte zwei Schritte zurück und landete auf dem Hosenboden. Samuel wollte eine Wutrede beginnen. Er sah auf. Gitti und Enrico waren stehengeblieben und starrten geradeaus.

Samuel rappelte sich hoch und stellte sich neben Enrico. Keine zehn Meter vor ihnen war die vierte Station. Drei abgeschnittene Holzstämme mit unterschiedlicher Höhe standen auf der Lichtung. Auf dem mittleren saß, mit dem Rücken zu ihnen, Julian und heulte bitterlich.

Julians Problem

Wut – dieses Gefühl begleitete alle drei Mitglieder der Saggenbande eine halbe Stunde später zurück ins Tal. Enrico versuchte, sich seine Wut aus dem Leib zu radeln. Gitti blieb immer wieder stehen und redete lautlos in den Wald hinein. In Samuels Kopf spielten sich mehrere kurze Szenen ab, in denen die Wut als Antriebsfeder zu unterschiedlichen Taten führte. Die Wut war während Julians Erzählung entstanden.

„Hey Julian!" Mit diesen Worten war Enrico aus dem Wald getreten. Julian zuckte bei seinem Anblick zusammen. Enrico trat auf seinen Freund zu. Julian versuchte, sich hastig die Tränen und Rotzspuren aus dem Gesicht zu wischen – mit mäßigem Erfolg. Gitti reichte ihm ein Taschentuch, und unterdrückte den Kommentar, der ihr auf der Zunge lag. Es dauerte ein wenig, bis Julian sich gefasst hatte.

„Hallo, Freunde", begann Julian. „Alles klar bei euch? Was macht ihr denn hier?" Die Saggenbande sah sich an. „Bist du blöde?" Enrico war laut geworden. „Wir suchen dich seit mehreren Tagen! Wir machen uns Sorgen und sobald wir dich gefunden haben, stellst du diese abgefahrenen Scheißfragen." Julian waren schon während Enricos Wutrede Tränen gekommen. Nun heulte er wieder wie ein Schlosshund. Gitti legte Enrico die Hand auf den Oberarm. Nach einiger Zeit schob er noch ein „Ist doch wahr" nach. Doch sein Ärger verrauchte langsam.

Gitti setzte sich neben Julian und legte ihm den Arm um die Schulter. „Hey Julian, wir haben uns alle Sorgen gemacht. Erzähl uns einfach, was genau vorgefallen war." Julian blinzelte zu Enrico, der ihm ermutigend zunickte. „Alles begann bei der Geburtstagsparty. Jakob Priemtl versuchte uns das Fußballspiel zu vermiesen. Da hatten wir Streit." „Der war aber harmlos. Der Streit, meine ich." „Wir haben miteinander gekämpft!", entgegnete Julian entrüstet.

„Doch der eigentliche Albtraum begann am nächsten Tag. Ich ging ahnungslos in den Park. Ich spielte mit mir selbst Ball, dann habe ich ein wenig geschaukelt. Alles in allem ein netter Nachmittag, bis Jakob kam. Er hatte zwei Freunde dabei. Diese waren zwei Köpfe größer als er oder ich. Höhnisch trat er zu mir. Ganz unverfänglich redete er mit mir. Über irgendetwas, ich weiß es nicht mehr. Dabei traten die drei immer näher zu mir. Mir wurde ganz unheimlich, und zugleich überfiel mich Angst. Mir wurde bewusst, dass ich der Gelackmeierte bin. Tatsächlich dauerte es nicht lange, bis Jakob sagte, er schulde mir noch etwas. Wegen dem Fußballspiel. Er gab seinen Kameraden ein kurzes Zeichen. Dann packten sie mich und rangen mich zu Boden. Einer hielt meine Arme, einer meine Beine. Ich konnte mich nicht wehren. Jakob schlug mir mit der flachen Hand auf den Rücken, es tat höllisch weh. Am liebsten hätte ich laut geschrien. Vor Schmerz und um Hilfe. Diese Genugtuung wollte ich dem Priemtl-Arsch aber nicht geben. Sie schlugen auf mich ein und traten mich." Julian schob langsam sein T-Shirt nach oben. „Oh mein Gott", entfuhr es Samuel und Gitti zugleich. Der Rücken schimmerte blau, rot und violett. „Bevor sie gingen, drohte Jakob mir noch und sagte, wenn ich irgendjemandem davon erzähle, dann würde ich ihn erst recht kennen lernen. Ich war bis zum Abend im Park. Irgendwann kam Priemtl wieder. Wir waren zu zweit. Ich fragte ihn, ob er sich überhaupt noch auf die Straße traue, ohne seine beiden Bodyguard-Fuzzis. Er lächelte und meinte nur, ob ich eine weitere Abreibung nötig hätte. Und ohne Vorwarnung packten mich seine beiden Freunde. Sie hatten sich von hinten angeschlichen. Mir schwante Böses. Sie hielten mich fest." Julians Stimme war brüchig geworden.

„Das ist schrecklich", meine Gitti, während Julian damit rang, die Fassung zu behalten. „Wie hast du reagiert?", erkundigte sich Samuel. „Ich habe das Einzige getan, was ich noch machen konnte. Ich habe Prieml direkt ins Gesicht gespuckt." Julian grinste. „Der ist ausgezuckt, damit hat er nicht gerechnet. Dann wollte er auf mich losgehen. Ich habe ihn angeschrien, was für ein feiges Arschloch er ist. Er würde sich gar nicht trauen, alleine zu kämpfen." Julian machte eine Pause. Er schnaufte tief ein und aus. „Die Idee war nicht gut. Er gab seinen Freunden den Befehl mich loszulassen. Wir könnten es gleich klären, sagte er dann. Mein Herz schlug mir bis zum Hals. Doch die Situation änderte sich noch einmal. Jakob begann zu grinsen. Dann machte er den Vorschlag, dass unser Duell am Mittwoch stattfinden solle. Am späten Nachmittag. Der Verlierer müsse den Park für immer verlassen. Es sei alles erlaubt, und man dürfe Freunde mitbringen, die einem helfen könnten." Julian begann erneut zu weinen. „Ich stehe alleine da. Ich habe keine Freunde, die mir helfen. Sogar du hast mir abgesagt, Enrico."

Jetzt blickte Enrico verdutzt aus seinem karierten Leibchen. „Wie? Was?" „In der Schule, du hast gesagt, du hast Fußballtraining." Er schluchzte laut. „Aber ich wusste doch nichts.", verteidigte sich Enrico. Eine Pause entstand. „Ich werde auf alle Fälle da sein!", sagte Enrico bestimmt. „Und Gitti und Samuel auch." Samuel wollte protestieren, ließ es aber bleiben.

„Der gehört angezeigt!", echauffierte sich Samuel schließlich. „Hast du niemandem davon erzählt?", fragte Gitti in Julians Richtung. Die Frage blieb unbeantwortet. Enrico sagte nichts. Er blickte hoch zu den Baumwipfeln. „Dann die Geschichte in der Schule, da hatte ich wirklich Stress. Wissen die beiden Bescheid?", fuhr Julian fort. Enrico nickte. „Ich habe es ihnen gesagt, wir haben keine Geheimnisse voreinander. Hast du deshalb die Ärztin nicht auf deinen Rücken schauen lassen?" „Woher weißt du das?" Julian war erstaunt. „Die

Lehrerin hat es mir gesagt. Tröste dich, auch das habe ich nur Sam und Gitti gesagt."

„Wie ist es dann weitergegangen?" „Ich bin also von meiner Mutter abgeholt worden. Am Nachmittag wollte ich dann in den Park. Ich habe öfters aus dem Fenster geblickt. Jakob tauchte kurz auf, ging dann aber wieder. Eine halbe Stunde später bin ich doch kurz hinunter gegangen, da noch zwei weitere Jungs aus dem Haus im Park waren. Ich habe meinen neuen Ball, den ich von euch bekommen hatte, mitgenommen, um ihn den anderen zu zeigen. Wir spielten Fußball. Dadurch war ich abgelenkt, denn ich übersah Jakob. Plötzlich stand er im Park. Jakob schnappte sich den Fußball. ‚Hübsches Teil', sagte er noch, dann hatte er plötzlich ein Messer in der Hand und stach es in den Ball. Es war fast so, als hätte er es mir ins Herz gestochen."

„Warum bist du weggelaufen?", nahm Gitti den Faden auf. „Du hättest doch erst recht daheim bleiben und zur Schule gehen sollen." „Nach der Aktion im Park bin ich nach Hause gegangen. In meinem Zimmer wurde mir alles bewusst. Ich zitterte am ganzen Körper. Ich entwarf einen Plan. Jakob sollte eine Trachtprügel erhalten. Ich nahm mir vor, fleißig zu trainieren. Dann kam ein zweiter Gedanke. Meine Mutter. Ich wollte meiner Mutter keinen zusätzlichen Kummer machen. Ich wollte als Sieger nach Hause zurückkehren, damit sie stolz auf mich sein konnte. Also packte ich die wichtigsten Sachen zusammen und bin weggelaufen. Eigentlich wollte ich zu meinem Vater. An der Ecke bin ich zufällig mit Siegfried zusammengestoßen. Er verwickelte mich in ein Gespräch. Schließlich hat er angeboten, dass ich bei ihm übernachten kann. Ich konnte nicht widersprechen, denn beim nächsten klaren Gedanken stand ich in seinem Zimmer." Julian verstummte. Er lauschte seinen Worten nach, ehe ihm erneut Tränen in die Augen stiegen.

„Ich habe jeden Tag trainiert. Bin auf die Hungerburg gegangen und habe versucht, die Übungen zu machen. Ich bin zu schwach! Niemals werde ich gewinnen. Ich bin ein Loser. Sie kommen zu fünft, acht oder zwanzigst und werden mich verprügeln, dass mir Hören und Sehen vergeht." Enrico trat zu seinem Freund und schüttelte ihn. „Ich habe dir gesagt, ich helfe dir! Wir helfen dir! Du bist schon einmal nicht alleine. Jetzt trainiere weiter, wir müssen wieder ins Tal. Eines garantiere ich dir, Jakob Priemtl wird für diese Aktionen bezahlen! Er hat sich mit dir angelegt und dadurch mit der Saggenbande. Julian, du hättest schon früher zu uns kommen müssen, wir sind da für dich. Das ist der einzige Vorwurf an dich. Drei gegen einen. Das nenne ich mutig. Nun aber hopp auf und Liegestütze gemacht." Enrico versuchte noch ein Lächeln, drehte sich dann um und sagte: „Freunde, wir gehen". Seine Gesichtsfarbe war rot.

Gitti und Samuel folgten ihm. Es ging an die Abfahrt zurück nach Innsbruck. Eine Fahrt, die von Wut begleitet wurde. Aus zwei Gründen. Erstens war vor allem Enrico wütend, dass ihm nicht früher etwas aufgefallen war. Spätestens bei dem zerstochenen Ball hätte er eine direkte Verbindung zum Weglaufen herstellen müssen. Zweitens waren sie alle darüber wütend, dass es heute noch solche Geschichten gab. Geschichten von Angst, Gewalt und vielen Verlierern. Noch dazu in ihrer unmittelbaren Umgebung.

Die Saggenbande trifft Vorbereitungen

Erst bei dem Spielplatz am Innradweg bremste Enrico. Von seinen Freunden war niemand in Sicht. Er stieg vom Rad und setzte sich auf die Schaukel. Sein Ärger war weitgehend verraucht. Die Wartezeit nutzte er, um sich Gedanken über das weitere Vorgehen zu machen. Wie lange er in seiner Gedankenwelt war, konnte Enrico nicht sagen. Auf jeden Fall hatte er sich einen detaillierten Plan zurechtgelegt, als Gitti und hinter ihr Samuel endlich in Sicht kamen.

Sie stiegen ebenfalls vom Rad und begaben sich zu Enrico. Samuel war noch leicht außer Atem. Da außer ihnen nur zwei kleine Kinder in der Sandkiste spielten, konnten sie ungestört miteinander reden. Die Mütter der Sandspieler saßen auf einer Bank außer Hörweite.

Enrico begann. „Ich war so wütend oben. Was Julian alles ertragen musste. Wie geht es euch?" „Ich war ebenfalls wütend. Beim Herunterfahren habe ich mir allerdings schon ein, zwei Dinge überlegt, wie wir ihm helfen können", meinte Gitti. „Du willst doch hoffentlich nicht wirklich mit den anderen kämpfen?" Samuel schien besorgt zu sein. „Wieso hast du Angst?" „Ich, nun ja, ich", stotterte Samuel. „Meine Waffen sind nun Mal andere als die Fäuste. Außerdem ist Gitti ein Mädchen. Und Angst zu haben, muss nicht immer was Schlechtes sein!", verteidigte sich Samuel. „Beruhige dich, Sam! Ich habe nicht wirklich vor, zu kämpfen. Das heißt, nur im Notfall. Ich helfe Julian, das ist Ehrensache. Aber ich habe auch einen Plan. Der sieht Kämpfen nicht unbedingt vor. Sage zuerst du, Gitti, was deine Vorschläge sind."

Gitti erzählte, die Jungs hörten zu. Hin und wieder nickten sie. Enrico musste anerkennen, dass sich sein Plan zum Teil mit Gittis Ideen überschnitt. Deshalb meinte er zum Abschluss: „Ja, ein paar Dinge von dem, was du gesagt hast, hatte ich mir auch überlegt." „Wir sind halt one brain!" Gitti schmunzelte, was Enrico ziemlich verunsicherte. „War das Schmunzeln ironisch zu verstehen, oder meinte sie es ernst?", dachte er sich, bevor er von seinem Plan erzählte. „Daher finde ich, sollten wir dort anknüpfen, wo wir begonnen haben", schloss er. Samuel schwante Übles. Er befürchtete schon, erneut auf die Hungerburg radeln zu müssen. Gitti nickte stumm. „Also auf zu den Rädern!", sagte Enrico. „Müssen wir wirklich schon wieder rauf?", raunzte Samuel. „Sam, hör auf zu raunzen und schwing dich in den Sattel!" „Warum scheuchst du uns runter, wenn wir dann nach zehn Minuten wieder hinauf radeln sollen? Da mache ich nicht mit. Es ist Wochenende, wo man ein bisschen ausspannen soll. Und nicht bergauf radeln bei jeder Gelegenheit!" „Wovon sprichst du bitte?" Gitti hatte wieder die Augenbraue gehoben. „Na davon, dass Enrico wieder auf die Hungerburg will. Wir hätten auch oben alles besprechen können. Dazu wäre es nicht notwendig gewesen, ins Tal zu rauschen, nur um gleich wieder hinaufzufahren." „Samuel Ditze, wir fahren in den Verdroßpark. Dort hat heute alles begonnen, oder nicht?" Kopfschüttelnd erklomm Enrico sein Bike.

Als sie im Park ankamen, musterte die Saggenbande zunächst die spielenden Kinder. Jakob Priemtl war nicht dabei. „Sein Glück", kommentierte Enrico. Gitti und Samuel stimmten ihm zu. Allerdings waren sie nicht zurück in den Park geradelt, um Jakob zu treffen. Ihr Ziel war ein anderes. Sie stellten ihre Räder ab und gingen zu der Bank, auf der Siegfried Jaluzek am Vormittag gesessen war. Einzig eine große Menge von abgerauchten Zigarettenstummeln zeugte noch von seiner Anwesenheit. Gitti, Samuel und Enrico beratschlagten kurz, was sie tun sollten. Sie beschlossen zu warten. Alle drei Kids waren sich sicher, dass der Obdachlose bald wieder auftauchen würde. Samuel radelte zum nächsten Lebensmittelgeschäft, um Getränke zu kaufen.

Eine geschlagene Stunde war seit ihrem Eintreffen vergangen, ehe die Wartetaktik endlich von Erfolg gekrönt wurde. Die Kids hatten jeweils eine Cola getrunken und danach versucht, ein wenig die Zeit totzuschlagen. Samuel bemerkte Jaluzek als Erster. „Seht, wer da kommt!" Siegfried Jaluzek steuerte geradewegs auf ihre Bank zu. Er lächelte, als er näherkam.

„Ja, wen haben wir denn da? Die liebreizende Gitti und ihre beiden Gefährten, den unerschrockenen Enrico und den netten Samuel." „Nett heißt eigentlich Arschloch", murmelte Samuel leise, doch Gitti und Enrico prusteten los. „Na, was verschafft mir die Ehre?" Jaluzek ließ sich auf die Bank neben Enrico plumpsen, öffnete den Nylonsack, den er mit sich getragen hatte, und zog eine Dose Bier heraus. Er öffnete sie und trank einen Schluck. Danach zog er eine Packung Zigaretten heraus, entnahm ihr eine und zündete sie sich an. Es wirkte wie ein Ritual.

Nach dem zweiten Zug an der Zigarette nahm er den Faden wieder auf. „War der Ausflug zur Forstmeile ein Erfolg?" „Und wie!", sagte Enrico. „Man konnte so richtig sporteln. Manche Übungen verlangen einem wirklich alles ab!" „So? Wirklich?" „Ja, man bekommt voll den Kopf frei. Und noch dazu kann man sich aufgestauter Emotionen entledigen. Zum Beispiel Wut und Zorn." Jaluzek schwieg. Daher sprach Enrico weiter. „Bei einer Station mussten wir besonders lange bleiben, um zu kapieren, was zu tun war."

Samuel war der Erste, dem dieses Gerede zu viel wurde. „So, jetzt Butter bei die Fische, wie die Deutschen sagen. Lasst uns Klartext sprechen!" Gitti nickte. Es verstrich ein kurzer Moment, bis Jaluzek laut zu lachen begann. „Ihr wart echt gut darin. Hat mir Spaß gemacht. Und Butter bei die Fische ist wirklich herrlich. Das habe ich ewig schon nicht mehr gehört." Sein Lachen ging in einen üblen Hustenreiz über. Mühsam rang der ehemalige Mathematikprofessor nach Luft. Sein Kopf war puterrot angelaufen.

„Vielleicht würde weniger rauchen helfen!", schlug Samuel vor. Jaluzek winkte ab. „Jetzt ist es auch egal, krächzte er." Enrico wartete noch kurz. „Wir wollen deine Version hören. Warum hilfst du Julian? Und was soll das ganze Theater?" Jaluzek begann zu erzählen. Wie er Julian letzte Woche zufällig auf der Straße getroffen hatte. Völlig aufgelöst. Nach und nach hatte er dem Jungen alles aus der Nase gezogen. Julian war ihm ans Herz gewachsen. Er mochte den Jungen, daher wollte er ihm helfen. Er nahm ihn mit auf sein Zimmer und bot ihm Quartier an. Zunächst war Julian skeptisch, er wollte eigentlich zu seinem

Vater. Doch Siegfried konnte ihn überreden zu bleiben. Am selben Abend führten sie lange Gespräche bis tief in die Nacht hinein. Schließlich waren sie noch einmal zu Julians Mutter gegangen und hatten ihr manches, nicht alles, erklärt. Julian hatte ihr versprochen bald wiederzukommen. „Was weiß sie alles?", erkundigte sich Samuel. „Naja, sie weiß nichts von dem sinnlosen Duell. Wir haben es so dargestellt, dass Julian einen Tapetenwechsel benötigen würde. Seit dem Tag war ich täglich bei Frau Moser und habe mit ihr gesprochen. Sie benötigte ebenfalls ein Ohr, das ihr zuhört." „Das erklärt natürlich, warum sie nicht die Polizei gerufen hatte und so strikt dagegen war. Und überhaupt ihr Verhalten", meinte Gitti.

Siegfried Jaluzek setzte seine Erzählung fort. Von den abendlichen Gesprächen. Dass Julian unbedingt trainieren wollte, um zu gewinnen. Obwohl, dies unterstrich Jaluzek mehrmals, er selbst ein Gegner von Gewalt war, unterstütze er Julian, wo er nur konnte. Als Beispiel fügte Siegfried an, dass Julian ihn gebeten hätte, hier im Park zu sein, um Jakob zu beobachten, sollte sich die Gelegenheit ergeben. So saß er nun seit letzter Woche praktisch täglich hier. „Jakob habe ich komischerweise noch nie gesehen. Nur einmal ging er kurz durch den Park, trank etwas und war zwei Minuten später wieder verschwunden. Das war alles." „Und wie haben Sie die Zeit verbracht?", wollte Samuel wissen. „Ganz einfach. Es gibt so viele mathematische Probleme. Ich habe mir ein Problem in Erinnerung gerufen und versucht, eine Lösung zu finden. Ich habe in meinem Leben so viel Fachliteratur gelesen, in der stets neue Aufgaben gestellt wurden, dass ich Jahre hier sitzen könnte." „Okay. Wer´s mag."

Enrico hatte nichts gesagt. Sein Geist konzentrierte sich auf ein anderes Thema. „Siegfried, du hast gesagt, du verabscheust Gewalt. Ich habe da eine Frage an dich." „Ich kann mir schon denken, was jetzt kommt. Und um es mathematisch auszudrücken: Nach mehreren Divisionen und Differenzen sind wir beim Kernpunkt des Problems angekommen." „Bitte?" Enrico sah ihn entgeistert an. Samuel setzte an, doch sein Freund hob die Hand. „Ich habe schon ungefähr verstanden, was es heißen könnte. Doch ich will Klartext sprechen. Es geht um Julians Sache und eine Auflösung ohne Gewalt."

Im Anschluss erklärte Enrico den Plan, den er erdacht hatte. Mit den Ergänzungen von Gitti, die sie im Park erzählt hatte. Alle hörten gespannt zu. Er schloss mit den Worten „Ich denke, so wird es gehen." Siegfried Jaluzek lächelte. „Enrico, du bist ein wahrer Freund. Jetzt wundert es mich nicht mehr, dass Julian so oft von dir erzählt hat. Schon bevor wir uns kennenlernten, hat Julian manchmal von seinem Schulfreund mit den schwarzen Locken und den karierten Hemden berichtet. Daher war er auch ein wenig enttäuscht, dass du ihm nicht helfen wolltest." „Damals wusste ich doch noch gar nicht Bescheid!", protestierte Enrico. „Das habe ich ihm auch gesagt. Ich fasse also noch einmal zusammen. Dein Plan sieht vier Schritte vor." Die nächsten Minuten wiederholte Jaluzek alles noch einmal. „Ich denke, der Plan ist sehr gut. Und wird aufgehen! Meine Unterstützung habt ihr jedenfalls." „Aber kein Wort zu Julian, bitte." „Ja, ich verspreche es, so wahr eins und eins zwei ist."

Die Saggenbande verabschiedete sich und radelte zurück zur Kreuzung Sennstraße/Erzherzog-Eugen-Straße. „Bevor wir nun nach Hause fahren, möchte ich noch kurz die Aufgaben verteilen. Ich werde die Leitung des Unternehmens übernehmen. Ihr helft mir dabei. Vor allem bei den Schritten eins bis drei brauche ich dringend eure Hilfe." „Das wird schwierig, aber wir schaffen es. Gut, dann treffen wir uns spätestens am Mittwoch um halb vier Uhr für eine kurze

Besprechung." „Wird schon schief gehen", sagte Samuel. „Ach ja, eine Sache wäre da noch", meinte Enrico.

Ohne Vorwarnung boxte Enrico im nächsten Moment Samuel auf den Oberarm. „Aua, spinnst du? Wofür war das denn?" Samuel rieb sich den Oberarm. „Das war für den Moment, als du mir auf der Forstmeile voll in den Rücken gelaufen bist. Pass besser auf in Zukunft! Mein Kreuz schmerzte übrigens auch." Samuel sagte nichts, er rieb sich weiterhin über den Oberarm. Nach kurzer Zeit der Stille begann Enrico laut zu lachen. Er legte den Arm um seinen Freund. „Du bist mein liebster Tollpatsch!" Da musste auch Samuel lachen.

Der finale Showdown

Am Mittwoch zeigte der Himmel sich von seiner besten Seite. Die Sonne blendete und von einer Wolke war keine Spur zu sehen. Enrico hatte schon seit dem Aufstehen ein Kribbeln in der Magengrube. Er war nervös. Julian war die letzten Tage nicht in der Schule erschienen. Dies hatte den Vorteil, dass Enrico ungehindert seine Vorbereitungen treffen konnte. Auch in der heutigen großen Pause düste er durch den

Schulhof und sprach mit diesem oder jenem Mitschüler.

Beim Mittagsessen brachte er fast keinen Bissen hinunter, obwohl es Wurstnudeln gab, was zu seinen Lieblingsgerichten gehörte. Normalerweise holte er zwei, drei Mal nach. Doch heute aß er nur mit geringem Appetit, was seine Mutter verwunderte. „Geht es dir nicht gut?" „Doch, doch", wiegelte Enrico ab, „ich esse die Nudeln später. Jetzt gehe ich Hausübung machen, ich treffe Samuel am frühen Nachmittag." Enricos Mutter war erstaunt, sagte aber nichts.

Punkt halb vier trafen sich die Mitglieder der Saggenbande im Haydnplatz. Auch Siegfried Jaluzek erschien. Gitti und Samuel hatten gute Nachrichten im Gepäck. Ihnen war alles gelungen, was sie sich vorgenommen hatten. „Wie geht es Julian?", erkundigte sich Enrico. „Ich weiß es nicht. Heute zu Mittag hat er zuhause gegessen. Er ist müde und ausgelaugt." „Wird schon schief gehen", sagten sich alle zur Verabschiedung.

Die Uhr zeigte 16:59, als Julian in seine Sportschuhe schlüpfte. Sein Herz schlug ihm bis zum Hals. Er hatte sich ein kleines Polster unter die Jacke gesteckt, das mögliche Schläge auf den noch immer schmerzenden Rücken abfedern sollte. Julian ging langsam die Stiegen nach unten. Mit jedem Schritt schienen seine Beine schwerer zu werden. Kurz vor der Haustüre blieb er stehen. Seine Augen wanderten zur Decke. „Lieber Gott, lass mich aus dieser Sache heil herauskommen." Er machte eine Pause. Enrico hatte zwar versprochen, ihm zu helfen, aber bis jetzt hatte er sich nicht mehr gemeldet. „Wenn du mir nicht hilfst, dann sehen wir uns eh gleich einmal", flüsterte Julian Richtung Decke.

Er versuchte, seinen eintretenden Tränenfluss zu unterdrücken. Er wischte sich über die Nase, dann trat er ins Freie. Bildete er sich dies nur ein oder flirrte die Luft leicht? Er blickte sich um. Es war niemand zu sehen. Dies war sowohl positiv als auch negativ. Gut war es, Jakob Priemtl nicht zu sehen, schlecht jedoch, auch Enrico nicht zu sehen. Bis jetzt hatte er gehofft, sein Freund würde ihn unterstützen. Wahrscheinlich musste er doch zum Fußballtraining gehen.

Seine Beine fühlten sich an, als wären sie aus Blei. Mit langsamen Schritten ging er in den Park und ließ sich auf einer Bank nieder. Er blickte zu Boden. Plötzlich hob er den Kopf, denn ihm war, als hätte er eine bekannte Stimme gehört. Doch niemand war zu sehen. Weitere Gedanken konnte er sich nicht mehr machen, denn soeben bog Jakob Priemtl um die Ecke. Ihm folgten fünf weitere Kerle. Zwei davon erkannte er wieder. Die drei anderen waren genauso groß wie die Freunde, mit denen er schon unliebsame Bekanntschaft gemacht hatte.

Julian stand langsam auf. Schweiß trat ihm auf die Stirn. „Schau an, Moser. Traust du dich wirklich, gegen mich zu kämpfen? Wie ich sehe sind alle deine Freunde gekommen!" „Wir fünf gegen diese halbe Portion? Na super, da hätte einer von uns gereicht", murrte einer von den Jungs, was ihm einen bösen Blick von Jakob einbrachte. „Kennst wohl die Uhr nicht, Priemtl. Hab schon gedacht, du hättest dir in die Hose gemacht, weil du nicht gekommen bist", sagte Julian. Seine Stimme klang unsicher. „Oh, das kleine Arschloch hat wohl Angst!", höhnte Jakob. Er trat einen Schritt nach vorne und schubste Julian bei der Schulter.

Julian schluckte. Er schwitzte, als ob er Fieber hätte. Seine Hände waren klitschnass. „Möchtest du noch etwas sagen, Moser? Ich mach dich fertig, hau dich windelweich, bis du heimkriechst zu deiner verblödeten Mutter!" Das war der Moment, der alles veränderte. Wut stieg in Julian hoch. „Lass meine Mutter aus dem Spiel!" Julian richtete sich ein wenig mehr auf. Seine Kontrahenten schlichen sich stetig näher. Er rechnete schon mit dem ersten Schlag, als ein „Stopp, halt, wartet!" ertönte.

Alle blickten sich verstört um. Enrico kam in den Park gelaufen. „Was will der denn da?", fragte Jakob Priemtl. „Ist das ein Freund von dem? Dann gibt es endlich doch für alle Spaß." Enrico blickte sich um. „Wow, sechs gegen eins. Da sind aber die ganz mutigen am Werk." „Noch so ein Spruch, Kieferbruch", sagte einer von den großen Jungs und schlug dabei seine rechte Faust in seine linke Hand. Enrico stellte sich neben Julian und legte ihm den Arm um die Schulter. „Na, geht es dir gut?", fragte er seinen Freund.

Julian lächelte. „Du hast es doch geschafft. Ich freue mich. Jetzt stehe ich wenigstens nicht ganz alleine da", flüsterte er. „Von wegen alleine. Ich habe dir ja gesagt, ich helfe dir." „Oh, wie nett", höhnte Jakob. „Wie ein altes Ehepaar. Zeit, euch in die Wirklichkeit zurückzuholen." Jakob gab mit seinen Händen ein paar Anweisungen. Seine fünf Gefährten schienen sie zu verstehen. „Moment!", sagte Enrico. „Was ist denn noch? Wollt ihr euch zum Abschied küssen?" „Stell dich mit dem Rücken zu dem Baum. Da kann dir nichts passieren", wies Enrico Julian an. „Ich lasse dich nicht alleine! Du hilfst mir, ich helfe dir." Enrico drehte sich zu seinem Freund. „Mach, was ich dir gesagt habe!", zischte Enrico. Verwirrt trottete Julian zu dem Baum.

Enrico wandte sich wieder an Jakob. „Wenn du mit Julian kämpfen willst, musst du zuerst an mir vorbei." Jakob und seine Freunde brachen in Gelächter aus. „Ist das ein Angebot?" Julian stand schon wieder neben Enrico. „Geh zum Baum und bleibe dort!" Enricos Befehlston war nicht zu überhören. „Da ist wohl einer bereit, den Weg in den Himmel anzutreten", äffte einer von Jakobs Begleitern. Sie traten näher. Enrico stand ganz still. Mit aller Ruhe zog er eine Pfeife unter seinem T-Shirt hervor. Er nahm das kleine silberne Ding in den Mund und blies kräftig hinein. Einmal und ein zweites Mal. Der Pfiff war weithin zu hören. Jakob und seine Jungs blieben irritiert stehen.

Keine zwei Sekunden später kam Bewegung in den Park. Hinter den beiden Büschen im hinteren Ende des Parks, aus einem Hauseingang und von der Seitenstraße liefen Jungs und Mädchen herbei. Julian stand mit offenem Mund da. Viele seiner Klassenkameraden waren dabei, zum Beispiel Richard und Rudi. Gitti und Samuel erkannte er, einige Kinder sah er hingegen zum ersten Mal. Alle stellten sich hinter Enrico auf. „Also Jakob, wenn du zu Julian willst, musst du an uns vorbei." Julian hatte damit gerechnet, an diesem Tag zu heulen. Aber der Grund war ein anderer gewesen. Nun rannen ihm die Tränen von den Wangen, weil er sich freute und zutiefst gerührt war. Jemand legte ihm eine Hand auf die Schulter. Er blickte sich um und sah in die blauen Augen von Siegfried Jaluzek, der ihm lächelnd ein Taschentuch reichte.

Jakob Priemtl hatte die Szene verdutzt beobachtet. Überschlagsmäßig zählte er durch. Da waren mindestens dreißig Kinder. Unter ihnen auch Mädchen. Ihm war der ganze Auflauf nun peinlich. „Ich glaube, wir gehen lieber." „Ich glaube auch, dass dies besser ist. Und lass dir das eine Mahnung für die Zukunft sein. Wenn du dich mit Julian anlegst, dann legst du dich mit uns an, Priemtl!", sagte Samuel. „Sam, du drückst zu sehr drauf", flüsterte Enrico. Einer aus der Gruppe protestierte kurz, dann zog Jakob Priemtl mit seinen Kumpanen ab.

Dies bekam Julian gar nicht mehr mit. Er hatte längst begonnen, seine Freunde zu umarmen und sich bei denen vorzustellen, die er noch nie

gesehen hatte. Die Saggenbande hielt sich ein
wenig abseits auf. Gitti, Samuel und Enrico
genossen den Erfolg quasi von außerhalb. Einzig
Siegfried Jaluzek war kurz zu ihnen gekommen.
„Das haben wir toll hingebracht. So viel Spaß
hatte ich schon lange nicht mehr. Gut gemacht,
Enrico!", hatte er gesagt und war gegangen.
Vermutlich, um eine Zigarette zu rauchen. Gitti
legte den Arm um Enricos Schultern. „Du bist
wirklich sehr tapfer. Mein lieber Junge, du hast
dich ganz schön was getraut." Enrico lief rot an.
„Naja, um ehrlich zu sein, mir schlug das Herz bis
über die Ohren. Vor lauter Aufregung konnte ich
fast nicht die Pfeife zum Mund führen." „Bist du
zu lange in der Sonne gestanden?" Julian hatte
sich endlich bis zur Saggenbande vorgearbeitet.

Er gab Enrico die Hand und blickte ihm in die
Augen. „Danke! Ich kann dir gar nicht sagen, wie
dankbar ich dir bin! Du oder besser gesagt ihr seid
wirkliche Freunde. Die Beziehung mit Jakob war
immer etwas schwierig, aber in den letzten paar
Tagen oder Wochen schien er völlig
durchzudrehen. Dabei habe ich ihm gar nichts
getan." An Julians Arm wurde bereits wieder
gezogen. „Komm, wir müssen noch …", sagte eine
Stimme. „Ich muss weiter. Er war schon im Begriff
zu gehen, als Julian sich noch einmal umdrehte.

„Wie habt ihr eigentlich so viele Leute für die Sache gewinnen können?" „Wir haben allen gesagt, sie bekommen hundert Euro von dir, wenn sie am Mittwoch mitmachen", sagte Gitti. „Wie bitte?" Julian war vor Schreck stehengeblieben. „Aber, aber …" Enrico lachte. „Haha, voll verarscht! Wir haben einfach gesagt, du würdest Hilfe brauchen. Dann haben alle freiwillig mitgemacht", sagte er. Julian formte Danke mit seinen Lippen, dann war er wieder in einer Traube von Kindern verschwunden. „Mehr oder weniger freiwillig", meinte Samuel. „Lass ihn, Sam. Ich glaube, so glücklich war Julian schon lange nicht mehr. Er muss nicht alles wissen."

Ein wenig später warf Enrico eine andere Frage auf. „Die Saggenbande hat ganze Arbeit geleistet. Auch wenn wir damit nicht in der Zeitung landen, haben wir Einiges geschafft. An diesen Tag wird Julian noch lange zurückdenken. Ich weiß nicht, wie es euch geht, vielleicht spinne ich nur ein wenig herum, aber mich beschäftigt noch eine Frage." „Ich weiß, was du sagen willst. Ich habe mir auch schon Gedanken darüber gemacht. Eigentlich stelle ich mir die Frage seit Sonntag", meinte Gitti. „Wovon redet ihr beiden schon wieder? Wollt ihr auch eine mathematische Angelegenheit lösen?" „Lösen ja, mathematisch nein. Zumindest, wenn es meine Gedanken betrifft." „Gitti, ich glaube wir denken das gleiche. Ich spreche es jetzt einfach aus. Warum das Ganze?" „Ja, genau darüber habe ich auch nachgedacht." „Gerade eben hat Julian noch einmal diese Frage befeuert." „Ja", meinte Gitti. „Könnt ihr so reden, dass wir alle wissen, worum es geht?" „Sam, Julian hat zuerst gesagt, dass die Beziehung mit Jakob zwar immer schwierig war, aber in den letzten paar Tagen oder Wochen drehte Jakob komplett durch." „Ja, und?" „Der Auftritt bei der Geburtstagsfeier, der zerstochene Ball und das verabredete Duell am späten Nachmittag. Alles nur Zufall?" Enrico legte eine Pause ein. „Meiner Meinung nach nein. Und ich habe da eine Vermutung, womit es zusammenhängen könnte." Samuel und Gitti schwiegen. Mit einem Mal bekam Gitti große Augen.

„Du meinst?" Sie sah ihn fragend an. „Nein, das wäre zu ungeheuerlich. Ich will es nicht einmal sagen." „Abwarten. Ich finde auf jeden Fall, es ist an der Zeit, sich mit Jakob Priemtl zu unterhalten." „Jakob Priemtl?" Samuel wirkte erstaunt. „Bist du dir da sicher? Ich glaube kaum, dass er mit uns, speziell mit dir, sprechen möchte." „Dann musst du reden, Sam. Aber er ist der Einzige, der uns Antwort auf meine Frage geben kann."

Die Hintergründe

Die Saggenbande beschloss, Jakob zu suchen. Hier im Verdroßpark würde es nicht auffallen, wenn sie einfach verschwanden. Julian war beschäftigt, die Mitschüler und Bekannten spielten miteinander. Außerdem konnten sie ja später zurückkommen. Gitti, Samuel und Enrico gingen in die Richtung, in die Jakob mit seinen Begleitern verschwunden war.

Ihr derzeitiges Problem war, dass Jakob überallhin gegangen sein konnte. Sie beratschlagten, wie sie nun vorgehen sollten. Samuel schlug vor, dass er hier warten würde, während Gitti und Enrico eine Runde durch den Saggen drehen. Sobald sie Jakob gefunden hätten, könnte einer von ihnen zurückeilen und ihm, Samuel, Bescheid sagen. Dieser Vorschlag wurde abgelehnt.

Während sie miteinander diskutierten, kam ihnen der Zufall zu Hilfe. Vertieft in ihr Gespräch hatten sie nicht bemerkt, dass Siegfried Jaluzek den Gehsteig entlang spaziert kam. „Na, meine Freunde, was macht ihr hier?" „Wir wollen die Sache hier abschließen", sagte Enrico. „Und wie?"

„Ich habe mir überlegt, dass es einen Grund für Jakobs Verhalten geben muss. Dem wollen wir jetzt auf den Grund gehen." „Ah ja, verstehe. Eure Überlegungen sind natürlich richtig. Sein Verhalten muss eine Ursache haben. Gerade in der letzten Zeit. Wäre es anders, wäre die Sache mit Sicherheit früher schon eskaliert." Jaluzek machte eine Pause, ehe er schelmisch grinste: „Und als Mathematiker muss ich sagen, da muss man die Wurzel ziehen." „Eben. Wir besprechen gerade, wohin Jakob gegangen sein könnte." „Da kann ich euch helfen." „Ehrlich? Wie denn?" „Ich habe mir eben Zigaretten gekauft bei der Tabaktrafik am Anfang von der Kaiser-Franz-Joseph-Straße. Jakob kam da vorbei und fuhr mit seinem Fahrrad Richtung Claudiastraße, in die er schließlich verschwand." „Danke!" „Bitte. So, jetzt muss ich aber weiter, ich habe Julians Mutter versprochen, ihr alles zu erzählen."

Die Saggenbande eilte in die Richtung, die Siegfried Jaluzek ihnen gesagt hatte. Am Claudiaplatz teilten sie sich auf. Samuel nahm die Claudiastraße, Gitti und Enrico eilten durch die Falkstraße. Sie wollten Jakob keine Möglichkeit geben zu entkommen. Sie hatten vereinbart, sich im Siebererpark wieder zu treffen. Samuel kam als Erster dort an. Er ging zu dem kleinen Brunnen und trank ein paar Schluck Wasser, als er im Augenwinkel eine Bewegung wahrnahm. Samuel blickte auf und sah Jakob Priemtl, der wütend an ihm vorbeigelaufen war. Samuel heftete sich an seine Fersen.

Beeilen musste er sich nicht sonderlich, denn Jakob war der Bienerstraße Richtung Falkstraße gefolgt und Enrico direkt in die Arme gelaufen. Die beiden standen sich gegenüber, als Samuel auf die Bienerstraße trat. Beim Näherkommen hörte Samuel die heftige Diskussion der beiden. „Ihr habt mir alles ruiniert, ihr Arschlöcher!" „Wovon sprichst du denn?" „Es lief alles so gut, bis ihr Volltrottel euch einmischen habt müssen!" „Anstatt einem Kampf zwischen Männern habt ihr den ganzen Saggener Kindergarten mobilisiert. Somit ist das Geschäft für uns geplatzt. Ihr Volldeppen!" Samuel war inzwischen zu den Diskutierenden gekommen.

„Warum beschimpfst du mich dauernd?", wollte Enrico wissen. „Ich habe nur meine Pflicht getan und meinem Freund geholfen!" „Ja, und mir alles verdorben!" „Ich verstehe nur Bahnhof. Warum sollten wir dir alles verdorben haben? Bist du so erpicht darauf zu kämpfen?" Samuel hatte sich ins Gespräch eingeklickt. „Ich? Ach was! Ihr habt null

Ahnung. Ihr Nullchecker." „Weißt du was",
begann Enrico. Er hielt kurz inne, um Gitti zu
winken. „Ich mache dir einen Vorschlag. Du
beantwortest mir einfach alle Fragen. Es sind nicht
viele. Dann gehen wir Nullchecker und lassen dich
in Ruhe."

„Was wollt ihr denn wissen?" Jakob schien
neugierig zu sein. Er wirkte etwas ruhiger. Doch
der Schein trog. Jakob Priemtl hatte den Ruf eines
Pulverfasses. Seine Ausbrüche waren legendär.
Eine Kleinigkeit, die ihm nicht passte, reichte aus,
damit er an die Decke ging. Dies mussten Enrico,
Samuel und Gitti, die nun ebenfalls bei den Jungs
stand, unbedingt vermeiden. Sonst würde ihnen
Jakob nichts verraten. Die drei waren diejenigen,
die mit Streichhölzern spielten. Sie mussten
aufpassen, dass ein kleiner Funke nicht die kurze
Zündschnur entzündete.

„Also", begann Enrico. Er schien seine Worte
abzuwiegen. „Ich höre." „Uns würde
interessieren, warum du derzeit so wütend auf
Julian bist." „Bin ich gar nicht." „Vor ungefähr
einer Stunde wolltet ihr euch noch im Park
duellieren. Der Verlierer hätte nie wieder den
Park betreten dürfen. Abgesehen davon, dass es
sich nicht umsetzen ließe, nennst du das nicht

wütend?" „Was ist dann, wenn du wütend bist?",
erkundigte sich Samuel, was ihm einen bösen
Blick von Jakob und Enrico bescherte.

„Nein, ich bin nicht wütend. Ich bin nur nicht blöd.
Der Julian ist mir eigentlich gleich. Wir hatten
wenig miteinander zu tun. Im Park gab es ab und
zu eine kleine Reiberei, aber danach gingen wir
ohne großen Groll auseinander." „Was änderte
dann die Sachlage?", wollte Gitti wissen. „Ein
faires Angebot." „Kurz vor seiner Geburtstagsfeier
kam jemand zu mir und bot mir Geld an."
„Wofür?" „Na, damit ich seine Geburtstagsfeier
störe." „Wie bitte?" Gitti riss die Augen auf. „Ja.
So war es." „Aber das ist doch absurd." Gitti
konnte es nicht fassen. „Wer war zu so etwas in
der Lage?", dachte sie. „Es war dieselbe Person,
die mir schon ein paar Mal davor etwas
zugesteckt hatte, wenn ich Julian ärgerte." „Heißt
das, du verdienst Geld damit, Julian zu ärgern?"
„Genauso ist es. Es fing vor ungefähr eineinhalb
Monaten an. Damals kam ebenjene Person zu mir
und fragte mich, ob ich einen Zwanziger haben
möchte. Ich sagte ja. Dann sagte die Person zu
mir, ich solle einfach den Julian Moser ein wenig
im Park tratzen. Ärgern. Das habe ich dann
gemacht. Allerdings war kein Unterschied zu
früher. Wir haben uns halt ab und zu im Park

bekämpft. Ich provozierte ihn, wir rangelten miteinander. Und danach abkassiert." „Wie oft war das?" „Oh so ein, zwei Mal in der Woche. Es waren leicht verdiente Kröten."

„Wie ging es weiter?" „Ja, kurz vor der Geburtstagsparty kam diese Person erneut auf mich zu. Sie bot mir fünfzig Euro, wenn ich die Feier stören würde. Eigentlich sollte ich Julian die Party verderben. Aber dazu kam es nicht, wie ihr wisst. Wart ja dabei." Enrico dachte bei sich, wie wichtig es sei, Jakob jetzt nicht zu unterbrechen. „Und weiter?" „Nachdem es mir nicht gelungen war, kam der Auftrag, dass ich mit zwei Kumpels Julian einen kleinen Denkzettel verpassen sollte. Für Siebzig Euro pro Mann." Jakob grinste. „Haben wir auch gemacht!"

„Aber warum war dann keine Ruhe?", wollte Samuel wissen. „Das weiß ich selbst nicht genau. Am gleichen Abend, als ich mein Geld holte, sagte mir die Person, ich solle dieses Taschenmesser nehmen und damit Julians neuen Ball zerstören. Zusätzlich erhielt ich nochmals fünfzig Euro. Ich hatte mir schon ausgerechnet, was ich alles kaufen könnte. Es kam noch besser. Ich war gerade im Stiegenhaus, als die Person zu mir kam und mir sagte, für mich und meine Freunde gäbe es jeweils zweihundert Euro, wenn es uns gelänge, Julian für immer aus dem Park zu vertreiben." „Daher der ganze Scheiß", sagte Gitti.

„So, Priemtl", sagte Enrico ganz leise. Seine Augen funkelten. „Das hört jetzt auf, sofort! Das grenzt schon fast an Terror, dem du Julian aussetzt. Ich will jetzt nur noch wissen, wer die Person ist, von der du immer sprichst." „Das sage ich nicht!" „Kapierst du es nicht? Die Sache ist gelaufen! Aus! Vorbei! Wenn du halbwegs ungeschoren davonkommen willst, dann sage uns jetzt den Namen. Ansonsten werden wir die Konsequenzen an dir auslassen." „Du drohst mir?" „Sagen wir so: Du sagst uns den Namen, dann hast du von uns aus Ruh. Es ist eher ein Deal, den ich dir vorschlage."

Jakob Priemtl dachte kurz nach, ehe er mit den Schultern zuckte. „Es ist die Frau Wiergerl. Sie wohnt bei mir im Haus." Danach erzählte Jakob noch kurz, dass sie Kinder hasse. Sie seien ihr viel zu laut. Sie hätte sogar in einer Versammlung gefordert, dass man Kindern das Ballspielen und Fahrradfahren verbieten solle. Als die anderen gegen ihren Vorschlag gestimmt hatten, war sie sehr wütend gewesen. „Was sie ausgerechnet gegen den Julian hat, weiß ich nicht", fügte Jakob noch hinzu. Am Ende meinte er, er müsse ihr erst beichten, dass es dieses Mal nicht geklappt hat. Wobei sie dies sicher schon wisse, denn ihre einzige Betätigung bestehe darin, am Fenster zu stehen und alles zu beobachten.

Gitti, Samuel und Enrico verabschiedeten sich von Jakob. Ohne sich lange darüber zu unterhalten, war für alle drei klar, wohin sie nun ihr Weg führte. In der Falkstraße diskutierten sie darüber, ob sie das Geld angenommen hätten oder nicht. Mitleid hatten sie nicht mit Jakob. Sein Verhalten war falsch. Vollständig verurteilen wollte ihn aber keiner der drei Mitglieder der Saggenbande.

Zehn Minuten später legte Enrico seinen Zeigefinger auf die Klingel neben dem Namen Wiergerl, Brunhilde. Er drückte bewusst lange auf den Kopf. Nach ungefähr vier Sekunden meldete sich eine genervte weibliche Stimme. „Hallo?" „Die Post ist da", sagte Enrico mit verstellter tiefer Stimme. Im nächsten Moment sprang die Haustüre auf. Die Saggenbande stieg die Treppen hinauf. Die Dame wartete neben der Haustüre. „Ich hätte es mir denken können, dass es Kinder sind, die so penetrant läuten", ätzte die Dame. „Sind Sie Frau Wiergerl?", erkundigte sich Samuel. „Wer will das wissen?" „Ich habe gefragt, ob Sie

Frau Wiergerl sind." „Hast du noch wo anders geläutet?" „Nein. Okay. Da haben Sie recht."

„Die Post hat gute Nachrichten für Sie. Julian Moser ist soeben im Park windelweich geschlagen worden. Er humpelte heulend nach Hause. Wir sind die Kumpels vom Jakob. Jetzt hat er endlich, was er verdient hat. So, damit ist die Nachricht überbracht." Enrico hatte ganz emotionslos geredet. Gitti und Samuel sahen ihren Freund verdutzt an. Frau Wiergerl, eine kleine Dame mit gelb-weißem Haar und von magerer Figur zuckte die Schultern. „Ist okay", war ihr einziger Kommentar. Ihre blauen Augen blieben dabei emotionslos.

Sie wollte gerade die Türe ins Schloss werfen, doch Enricos Fuß war schneller. Zur Verblüffung der Dame schob er die Türe auf und trat in die Wohnung. Gleich neben der Eingangstüre blieb er stehen. „Liebe Frau Wiergerl", begann Enrico, während er die Türe hinter seinen beiden Freunden schloss, „ich glaube, es ist deutlich besser, da es auch in Ihrem Interesse ist, wenn beim Rest nicht alle, die in diesem Haus wohnen, zuhören." Die Dame hatte die Stirn kraus gelegt. Es schien, als würde sich gerade ein Wutausbruch bei ihr anbahnen.

Gitti zog die Nase nach oben. In der Wohnung roch es nach kaltem Rauch. Ihr einziger Gedanke war, irgendwo ein Fenster zu öffnen. Ihr war bewusst, wie unhöflich es war, aber sie spürte bereits die Übelkeit in ihr hochkommen. Gitti öffnete die erstbeste Türe. Hier war der Rauch noch intensiver. Das Fenster war geschlossen. Sie warf einen kurzen Blick hinaus.

„Frau Wiergerl. Mein Name ist Enrico. Das ist Samuel. Wir möchten ihnen drei Fragen stellen." „Ich mache bei so einem Zeug nicht mit. Belästigt gefälligst die anderen damit." „Nein, da werden Sie gerne teilnehmen. Denn die Befragung dreht sich eigentlich nur um ihre Person." „Wollt ihr mich zum Narren halten?" „So Frau Wiergerl, wissen Sie was, wenn Sie nicht mit uns reden wollen, dann vielleicht mit der Polizei. Samuel, ruf sie bitte an." „Untersteh dich!" Brunhilde Wiergerl war mit zwei Schritten bei ihrem Telefon und legte die Hand darauf. „Haben Sie schon einmal etwas von Handys gehört?", fragte Samuel verwundert.

Gitti kehrte zu den drei im Gang stehenden Personen zurück. „Wo kommst du Göre her?" „Ich habe nur ein Fenster geöffnet. Weil es so nach Rauch stinkt. Ich weiß, ich wohne hier nicht, aber mir wurde so schlecht." „Du hast was?" Gitti trat hastig einen Schritt hinter Enrico. „Kommen wir zum Thema zurück. Polizei. Sie haben sich eines Verbrechens schuldig gemacht." Samuel sprach langsam und konzentriert. „Und zwar?" „Sie haben Kinder zu einer Straftat angestiftet und sie dafür bezahlt!" „Das könnt ihr mir nie beweisen!" „Mit diesem Satz haben Sie ihre Schuld eingestanden", übernahm Enrico. „Daher stelle ich Frage eins: Was haben Sie gegen Julian Moser?" „Nichts, wieso? Also nicht mehr als gegen andere Kinder." Frau Wiergerl bemerkte selbst, dass die letzte Äußerung unbedacht war. „Ja, das war eine schockierende Aussage", stellte Samuel fest.

„Was uns direkt zu Frage zwei bringt: Warum stiften Sie Jakob dazu an, alle diese Sachen zu machen?" „Achso. Da liegt der Hase im Pfeffer. Jetzt erkenne ich euch auch. Verdammt. Verflixt und zugenäht. Ihr seid die Freunde von dem Moser." Frau Wiegerl blickte in drei entschlossene Gesichter. Sie atmete tief durch. Dann begann sie zu erzählen. Ganz ausführlich. Der Saggenbande rutschte das Herz in die Hose. Mit dem Gehörten hätten sie nie gerechnet. „Ich versichere euch, dass ich da nur mitgemacht habe, dass wenigstens einer von diesen Plagegeistern verschwindet." Dann wurde es still im Raum.

„Ruf die Polizei an, Gitti", befahl Enrico. Er konnte noch immer nicht glauben, was er soeben gehört hatte. „Nein, Moment mal, ich bin total unschuldig. Ich bin ja nur der Mittelsmann. Die eigentlichen Verbrecher sind die anderen." Da hatte Gitti bereits gewählt und zu sprechen angefangen. „Hast du den Bruckner angerufen?", erkundigte sich Samuel. „Nein, von dem habe ich keine Nummer. Ich rief die Streife an."

Alle vier blieben im Flur stehen. Sie lauschten. Von unten war noch fröhliches Kindergeschrei zu hören. Also waren Julian und seine Freunde noch im Park. Julian. An ihn dachte Enrico. Sollte Frau Wiergerl die Wahrheit gesagt haben und es gab eigentlich keinen Grund daran zu zweifeln, wäre dies ein weiterer Genickschlag für ihn. Sie hörten die Sirene, die sich langsam näherte und stetig lauter wurde. „Was hast du gesagt, dass sie die Sirene aktiviert haben?", fragte Samuel. Gitti lächelte verschmitzt.

Das Auto hielt vor dem Haus. Gitti drückte auf den Knopf der Gegensprechanlage. Zwei Polizisten waren zu ihnen in die Wohnung hinaufgestiegen.

Frau Wiergerl wiederholte ihre Geschichte. Murrend und nicht ganz freiwillig, wie Samuel bemerkte. Die Saggenbande war erleichtert. Am Ende nahm die Polizei sie mit auf das Revier, um ein Protokoll anzufertigen. Brunhilde Wiergerl betonte immer wieder ihre Unschuld. Auch berichtete sie von ihrer schweren Kindheit. „Die Kinder sind heute viel zu verweichlicht!", sagte sie und sah die Saggenbande an. Die restliche Geschichte ging in einem Tränenmeer unter. Wortfetzen wie „am Feld", „Ribisel" und „Einkochen" konnte Samuel verstehen. Der Rest blieb ihm verborgen.

Gitti zog die Wohnungstür hinter sich zu. Enrico und Samuel vollführten gerade einen Tanz im Stiegenhaus, der aus High Fives, sich Umarmen und lautem Lachen bestand. „Gitti, das ist unser zweiter gelöster Fall!" Gitti schmunzelte. Sie gingen die Stiegen hinunter. „In die Zeitung kommen wir dieses Mal wohl nicht. Aber es ist gut für die persönliche Statistik", sagte Samuel, ehe er die letzten beiden Stiegen nach unten sprang.

An der Haustüre blieb er kurz stehen. „Sollen wir es Julian gleich sagen?" Enrico schüttelte den Kopf. „Ich glaube nicht. Wir entscheiden es kurzfristig." Sie gingen hinaus in den Park. Julian und seine Freunde standen noch alle am Zaun und blickten zur Haustüre. „Klar, dass die Saggenbande aus dem Haus kommt, welches die Polizei gerade verlassen hat", meinte Enricos Mitschüler Rudi. Julian platzte vor Neugierde. „Was habt ihr im Haus gemacht?" „Wart ihr beim Priemtl und habt ihn nachträglich verdroschen?" „Habt ihr die Polizei gerufen?" Jeder stellte seine Frage, sodass ein wahres Stimmengewirr zu hören war. Julian trat an Samuel und Enrico heran. „Was habt ihr wirklich im Haus gemacht? Hat es was mit der Schlägerei zu tun? Hat das noch ein Nachspiel?", flüsterte er. Enrico antwortete. „Ich habe dir versprochen, dass wir dich nicht im Stich lassen. Das haben wir gemacht. Nur –", er legte eine kurze Pause ein und legte seine Arme um Gitti und Samuel, „die Saggenbande macht keine halben Sachen. Auch in diesem Fall nicht." Samuel ergänzte; „Wir haben im Haus nur unsere persönliche Statistik aufgebessert." Gitti, Samuel und Enrico kicherten los.

Ein versöhnliches Ende

Es war ein sonniger Tag, die Sonne lachte schon seit in der Früh vom blauen Innsbrucker Himmel. Daher waren die Schüler des Gymnasiums am Adolf-Pichler-Platz freudig in der großen Pause in den Schulhof geeilt. Hier und dort wurde Ball gespielt, manche spielten Fangen, einige Mädchen vertrieben sich die Zeit mit Gummischnurspringen.

Enrico saß auf der dritten Stufe und beobachtete das Treiben. Er wollte einfach nicht irgendwo mitspielen. Genüsslich biss er in sein Pausenbrot und kaute es andächtig. Enrico genoss den Anblick der spielenden Schüler und das lärmende Geräusch auf dem Pausenhof. Plötzlich spürte er eine Hand auf seiner Schulter. Er blickte nach oben, musste aber sofort die Augen schließen, da er direkt in die Sonne starrte.

Julian ließ sich neben ihm auf die Stiegen sacken. Dann stand er noch einmal auf. „Du, Enrico", begann der Freund. „Ja, was?" „Ich wollte eigentlich nur schnell, ähm …" Julian schien nach den richtigen Worten zu suchen. „Na, schieß schon los!", ermunterte ihn Enrico. Ohne Vorwarnung fiel ihm Julian um den Hals. „Danke für alles!" Enrico war peinlich berührt. Er versuchte sich zu befreien, doch der Griff von Julian saß bombenfest. „Ist schon gut, aber ich kriege keine Luft." Das half. Julian richtete sich auf.

Er setzte sich erneut neben Enrico. „Passt schon. Dafür sind Freunde da." „Wirklich, danke! Bitte richte auch Gitti und Samuel meinen Dank aus." „Mach ich. Wir hatten bis jetzt keine Zeit zu reden, daher frage ich dich, wie geht es dir und deiner Mutter?" „Ach, ganz gut." Enrico sah seinen Freund von der Seite an. „Was heißt das?", bohrte er nach. „Ja, Mama geht es wirklich gut. Siegfried Jaluzek kommt fast täglich zu Besuch und spricht mit ihr. Sie hat für ihn sogar Bierflaschen eingekauft." Julian grinste. Auch Enrico grinste. „Aschenbecher bekommt er keinen eigenen, falls du das meinst." Die Bemerkung blieb so im Pausenhof stehen, ohne dass Enrico nach ihrer Bedeutung fragte.

„Ja, aber wie geht es dir?" Zunächst druckste Julian ein wenig herum, dann begann er zu erzählen. „Eigentlich ganz gut. Es war natürlich ein Schock für mich, als ich erfuhr, dass mein eigener Vater und Gerhard Tanzl den Plan ausgeheckt haben, mich auf diese Weise von Mama loszueisen. Vor allem wäre sein Plan fast aufgegangen, wäre ich nicht Siegfried in die Arme gelaufen, der mich aufnahm. Eigentlich sollte ich gerührt sein, dass er mich unbedingt bei sich haben wollte. Es hätte meiner Meinung nach aber andere Wege gegeben. Frau Wiergerl war natürlich sofort dabei. Sie wäre froh gewesen, wenn ein Kind weniger im Park gespielt hätte. Tanzl brachte ihr das Geld und gab die Aufträge über das Telefon. Die Alte verbrachte ja den ganzen Tag damit, uns zu beobachten, zu rauchen und Bier zu trinken. Daher waren mein Vater und Gerhard Tanzl immer auf dem neuesten Stand. Ich glaube ja, dass Tanzl alleine hinter den Bösartigkeiten steckt. Es wird noch eine Zeit dauern, bis ich meinen Vater wieder sehen werde. Dafür wird schon das Jugendamt sorgen."

Die Schulglocke ertönte. Julian erhob sich. „Also noch einmal Danke für alles! Dir und der Saggenbande." Auch Enrico stand auf. „Du, Julian, als Freund sage ich dir", begann Enrico. Nach einer kurzen Pause sprach er weiter. „Pass auf beim Reingehen, nicht, dass du über den Haufen gerannt wirst!" Enrico grinste von einem Ohr zum anderen. Auch Julian musste lachen.

Autoreninformation

Michael Hohlbrugger, geboren im Juli 1979, lebte selbst als Kind und Jugendlicher im Saggen. Nach dem Zivildienst begann er eine Ausbildung zum diplomierten Gesundheits- und Krankenpfleger. 2007 begann Michael Hohlbrugger eine nebenberufliche Ausbildung zum Sportjournalisten, die er 2009 abschloss. Er sammelte einige Erfahrung in dem Bereich. Derzeit schreibt er für easySport, der Sportseite des Internetradios easySound. Seit März 2019 ist Michael Hohlbrugger in der Ausbildung in der Lebensschule im mentalen Lichtzentrum Velden. Als Schamane hat er eine eigene Praxis in Innsbruck, in der er Einzelsitzungen und Heilersitzungen gibt.